CLORO

ALEXANDRE VIDAL PORTO

Cloro

2ª reimpressão

COMPANHIA DAS LETRAS

Copyright © 2018 by Alexandre Vidal Porto

Grafia atualizada segundo o Acordo Ortográfico da Língua Portuguesa de 1990, que entrou em vigor no Brasil em 2009.

Capa
Milena Galli

Foto de capa
O Sedutor (*The Seducer*), 2004 © Adriana Varejão. Óleo sobre tela, 230 x 530 cm. Reprodução de Eduardo Ortega. Coleção Fundación La Caixa, Barcelona.

Preparação
Heloisa Jahn

Revisão
Renata Lopes Del Nero
Márcia Moura

Os personagens e as situações desta obra são reais apenas no universo da ficção; não se referem a pessoas e fatos concretos, e não emitem opinião sobre eles.

Dados Internacionais de Catalogação na Publicação (CIP)
(Câmara Brasileira do Livro, SP, Brasil)

Porto, Alexandre Vidal
    Cloro / Alexandre Vidal Porto. — 1ª ed. — São Paulo : Companhia das Letras, 2018.

    ISBN 978-85-359-3184-6

    1. Ficção brasileira I. Título.

18-20805   CDD-869.3

Índice para catálogo sistemático:
1. Ficção : Literatura brasileira 869.3

Iolanda Rodrigues Biode — Bibliotecária — CRB-8/10014

Todos os direitos desta edição reservados à
EDITORA SCHWARCZ S.A.
Rua Bandeira Paulista, 702, cj. 32
04532-002 — São Paulo — SP
Telefone: (11) 3707-3500
www.companhiadasletras.com.br
www.blogdacompanhia.com.br
facebook.com/companhiadasletras
instagram.com/companhiadasletras
twitter.com/cialetras

Para Simone Z., Gisela P. e Roberto D.
— e, sempre, Michael B.

Seu prazer proibido foi satisfeito.
Levantam e se vestem rápido, em silêncio.
Saem da casa separados, escondidos;
e enquanto descem a rua um pouco desconcertados,
sentem que algo neles denuncia
o tipo de cama em que se deitaram.

Mas que presente para a vida do artista:
amanhã, depois ou em anos, ele dará voz
aos versos fortes que ali nasceram.

K. P. Kaváfis, "Seu nascimento",
a partir de tradução inglesa de Edmund Keeley e
Philip Sherrard.

PRIMEIRA PARTE: EU

1. O começo do fim

Still I thought it was odd
There was no sign of God just to usher me in.
Then a voice from above
Sugar coated with love, said, "Let us begin"
Paul Simon, "The Afterlife"

Muitos acham que fui um canalha. Talvez você, mesmo depois de ouvir meus argumentos, concorde com eles. Cometi erros e às vezes fui fraco, tenho de admitir. Mas as circunstâncias, em geral, não me ajudaram.

A menos que os hinduístas estejam certos e meu espírito reencarne como humano ou animal, a coisa acabou para mim. Morri ontem de manhã.

Neste momento em que falo, devo estar no limbo, em alguma espécie de inexistência eterna. Isso é o mais provável.

Retive minha consciência, mas não sei exatamente o que acontecerá comigo nesta escuridão em que me encontro. Nada me foi revelado ainda. Tudo parece parado, e o único movimento que sinto é o dos meus próprios pensamentos.

Dizem que a primeira impressão é a que fica, mas isso não me parece correto. Para quem vê você morrer, o último momento é o que vale. É como você se despede do mundo. É como você seguirá na memória de quem fica. Não haverá mais modulação possível.

Imagine que você tenha escolhido passar a vida vestindo terno azul-marinho, porque é o que mais combina com a sua maneira de ser. Um dia, contudo, alguém lhe dá de presente uma roupa nova. Não é terno, nem azul-marinho, mas mesmo assim você experimenta. É um traje mais informal, mais claro, para vestir ao ar livre, à luz do sol.

E você sai com aquela roupa nova, sem entender ainda se gosta ou não do efeito dela em você. E aí, pá: você morre inesperadamente, vestido de algo que não era você.

Acaba a vida fantasiado, e pode ser até que tenham dificuldades para reconhecer o seu cadáver.

Só me dou conta desse risco agora.

Tem gente que passa a vida fugindo de uma coisa sem compreender que não existe fuga possível, que não adianta lutar, que não adianta querer ter controle. Foi o que aconteceu comigo, e, antes que minha memória se apague, preciso entender como gastei minha vida.

Quero me distanciar de mim mesmo e me analisar como se eu fosse outro — como nunca fiz. Mostrarei minhas fraquezas e avaliarei os meus limites. Terei de ser capaz de fazer minha defesa, no caso de um possível Juízo Final.

Meus cinquenta e um anos de vida passaram voando. Acho que todo mundo tem essa impressão quando pensa no que ficou para trás. Agora, morto, isso está claro, mas parece sonho.

Devo estar próximo de tomar conhecimento do sentido da vida, de descobrir se Deus existe, de saber se vou para o céu ou para o inferno, se vou reencarnar ou não, se tudo acaba aqui, para sempre, e não entendo por que estou tão calmo.

Katherine Clifton sofreu um acidente de avião com o marido no interior do Egito. O marido morreu na hora. Ela sofreu ferimentos graves, mas sobreviveu. Foi socorrida por seu amante, László Almásy.

O local do acidente era remoto, e ele a abrigou em uma caverna no deserto. Saiu em busca de ajuda médica. No povoado mais próximo, tentou explicar a situação, mas não conseguiu. Desesperou-se, perdeu o controle, desacatou autoridades e acabou na prisão.

Katherine morreu na caverna, enquanto esperava pela volta de László. As últimas palavras que escreveu no caderno encontrado junto a seu corpo traduziam a constatação difícil de que morreria sozinha: *"We die, we die, we die"*, foi o que escreveu. "Nós morremos", três vezes, como se ela, de cara com a morte, devesse repetir seu nome a fim de conferir sua identidade.

Essa cena é de um filme que vi no cinema, acho que foi no Shopping Iguatemi. Estava com minha filha, Léa. Não sei por que me vem à mente aqui. Deve haver alguma razão.

Sempre me perguntei como seria ver a morte de frente, mas isso não aconteceu comigo. Quando estava morrendo, não entendi muito o que se passava. Achei que me sentia mal por causa do calor e do fuso horário, quis entrar numa ducha fria para dar uma acordada, mas quando me levantei senti uma fisgada no pescoço que desceu até a batata da perna. A última coisa de que me lembro é minha cara no chão e a água morna contra o meu rosto, entrando por minhas narinas.

Morri, mas não vi a cara da morte.

2. A identificação do corpo

Meu nome é Constantino. Por enquanto, omitirei meu sobrenome. Para facilitar a identificação do corpo, começarei pelo que fui fisicamente.

Homem branco, um metro e noventa e dois de altura, noventa e seis quilos, cabelos castanhos grisalhos, calvo, vítima de acidente vascular cerebral, hemorragia importante no lobo parietal direito, jaz numa bandeja de aço no necrotério de um país estrangeiro. Esse pedaço de carne fui eu.

Sou pai de André e Léa, marido de Débora, amigo de Emílio, irmão de George e filho de Ana Amélia e Pedro. Agora que estou morto, quais são as pessoas, lugares e coisas que seguirão comigo, qualquer que seja meu destino de defunto? O que permanecerá? O que se tornou parte de mim?

Na minha presente situação, não sei se seria prudente revelar que, com a idade, me tornei avesso a religiões em geral. No entanto, identifico em mim alguns sentimentos cristãos, provavelmente aprendidos com as parábolas bíblicas que minha avó lia para mim na cama, antes de eu dormir. *As parábolas de Jesus para crianças*: lembro-me da capa azul do livro sobre a mesa de cabeceira branca.

Se em alguns minutos aparecer alguém — santo, recepcionista, guia, divindade — e pedir para eu apresentar meu caso, como nós, advogados, dizemos, que teria eu para contar? Que histórias me definiriam? O que ficou em mim? O que me mudou? O que me trouxe aqui?

Como morto, aqui neste limbo, meu presente é escuro e estanque. Meu futuro inexiste. Minha realidade é esta. A única coisa que me sobrou foi a memória de certos momentos de minha existência acabada.

Que esses momentos definidores de mim me cheguem espontaneamente, e que a lembrança do que foi mais importante em minha vida se imponha. Sinto-me como o artista louco que preparou o roteiro de sua apresentação a Deus.

A diferença é que não sou nem louco nem artista e ignoro tudo o que acontece comigo nesta dimensão.

Terei de falar de mim, e você saberá coisas que eu não gostaria que ninguém soubesse. Mas não faz sentido mentir. Morto, tenho de ser honesto.

Um cadáver encontrado nas condições em que foi o meu perde todo direito à privacidade.

3. A identificação da alma

Um dia, me chamaram de bicha. Foi o Marcos Bauer quem, do nada, me chamou de bicha e me deu um soco na barriga na saída da escola, na frente de todo mundo.

Foi uma ofensa definitiva, que ficou ecoando para sempre na minha cabeça.

Ele arremedava os meus gestos, ria de mim, me ridicularizava. Fez com que eu sentisse medo e vergonha. Tornou minha vida um inferno. Cheguei a pensar em suicídio.

Eu tinha oito anos.

Antes de dormir, inventava planos perfeitos para assassinar Marcos Bauer. Anos depois, gostei de descobrir que ele morrera cedo, ainda mais jovem do que eu.

O fato de ele ter morrido antes — e de ter vivido menos — me dava a sensação de que eu havia sido justiçado pelo destino e que, no final das contas, eu estava certo e ele, errado. Veja só que coisa irônica, não é?

Quando eu ainda estava vivo, dei um google no nome dele: "Marcos Carmenzini Bauer", entre aspas.

Não apareceu nenhum resultado.

Quem é que não existe na internet? Só os que morreram antes do começo da internet e não fizeram nada de relevante, como deve ter sido o caso dele, porque sempre vem alguma coisa: uma multa de trânsito, um registro no cartório, uma menção no *Diário Oficial*.

Foi o irmão dele, o Fabio Ivan, que me contou que ele tinha morrido aos dezoito anos, mas não entrou em pormenores. Na confraternização de vinte e cinco anos de formatura do colégio, conversei com um colega de classe e fiquei sabendo que o corpo dele havia sido encontrado, afogado, numa barragem do rio Pinheiros, no dia de Natal. As circunstâncias não deixaram claro se a morte tinha sido acidental ou não.

Confesso ter sentido uma ponta de prazer ao descobrir, ainda que tardiamente, os detalhes trágicos da morte de Marcos Bauer. Procurei afastar tal sentimento. Não consegui.

Durante muitos anos, agradeci a Marcos Bauer o alerta antecipado. Ele me serviu como aviso de que ser bicha não era bom. Tive tempo de me preparar. Por anos, valorizei esse ensinamento.

Não que eu soubesse desde sempre, mas sabia havia tempo suficiente para me esquecer de quando me dera conta pela primeira vez. Não sei se isso existe em todo mundo, se todo mundo sente isso igual.

Até o dia de minha morte, porém, eu me lembrava do cheiro de cloro no corpo do professor de natação. Em minha memória, não há abraço mais antigo que o dele. Se você perguntasse ontem, dez minutos antes de eu morrer, se ainda me lembrava do cheiro de cloro no corpo do professor de natação, minha resposta seria sim. Três vezes sim.

Poderia descrevê-lo. Minha cabeça de criança contra seu peito molhado. Seus pelos. O vapor subindo da piscina aquecida, água morna entrando por minhas narinas. Eu nos seus braços, suas mãos no meu corpo, me segurando, me ensinando a nadar.

≈ ≈ ≈

A agressão de Marcos Bauer chegara como surpresa. Concluí que "bicha" e o que eu sentia quando o professor de natação me abraçava — e que eu instintivamente escondia — eram relacionados.

Aquela palavra, "bicha", que me definia contra minha vontade, tirava de mim a possibilidade de inocência. Depois daquela revelação, caberia a mim a responsabilidade de quem eu iria ser ou me tornar.

Ele e eu havíamos percebido algo sobre minha natureza que ninguém mais percebera. Ele articulou em palavras algo de que eu suspeitava, mas que não soubera ainda definir. Marcos Bauer foi quem primeiro deu limites a minha identidade.

Não sabia se alguém mais na escola me achava efeminado. Por precaução, passei a me preocupar em parecer masculino. Tentava falar em tom mais grave do que o que me seria natural e movia-me mais devagar, com controle sobre meus gestos. Passei o resto dos anos me controlando. Toda a minha vida foi assim.

Comprei a amizade do Marcos Bauer com um carrinho matchbox. No meu aniversário de nove anos, minha tia Zuza e meu tio Carlos me deram dois desses carrinhos de presente. Na manhã seguinte, levei-os para a escola. Deixei um na mochila e pus o outro sobre minha carteira, estacionado ao lado do estojo de lápis, em exibição.

Em seu caminho para o fundo da sala, percebi o olhar de Marcos Bauer para meu *dragster* vermelho. Quando o sinal do recreio soou, não me levantei. Deixei que os colegas de trás saíssem, como se tivesse coisas a organizar antes de ir embora.

Quando Marcos Bauer passou por mim, eu ainda estava sentado. Parou. Olhou com cobiça para o carrinho. Antes que ele pudesse falar qualquer coisa, disparei, olhando-o de baixo para cima: "Minha tia me deu dois, quer um pra você?", já metendo a mão na mochila para entregar-lhe o maior dos dois carros que eu havia ganhado.

Conquistei o coração daquele sádico mirim com um carrinho de metal de três dólares. Depois desse episódio, seu comportamento comigo mudou. Passou a me tratar com respeito e chegou a dizer na frente de todos, na hora da saída da escola, que eu era "gente boa".

Depois do alerta antecipado que ele inadvertidamente me dera, entendi que a maneira mais eficaz para não ser chamado de bicha era ter uma namorada. Voltei às aulas na terceira série disposto a me reinventar.

4. A origem da mentira

Sua família tinha vindo de Curitiba e ela acabara de entrar na escola. Os pais eram austríacos; tinha cabelos loiros — quase ruivos —, que frequentemente amarrava em rabo de cavalo. Tinha sardas. Era pequena, magrinha e falava baixo. Pensei que poderia ser minha namorada.

Sentávamos perto um do outro, e esse fato me desconcentrava. Eu me perdia em elucubrações sobre o que fazer para que me notasse. Ela se tornou o centro de minhas atenções.

Na aula de artes, ofereci dividir meu jogo de canetinhas com ela. Também lhe dei um bottom com a figura do Snoopy que tinha ganhado do meu irmão numa aposta. Senti-me feliz e encorajado quando vi que ela o tinha pregado em sua mochila.

Dois dias depois, deixei um envelope com um bilhete e um bombom Alpino na parte de baixo de sua carteira. No bilhete, dizia que a achava a garota mais legal da escola e perguntava se ela queria namorar comigo. Na barra do bilhete, desenhei dois pequenos quadrados com as opções "sim" e "não". Desenhei também uma linha pontilhada para que ela cortasse e me entregasse o resultado da sua decisão.

No dia seguinte, encontrei a tira do meu bilhete dobrada em quatro dentro do meu estojo, entre a borracha e o apontador. Ela tinha feito um x dentro do quadrado do "sim".

Foi como começamos a namorar.

Em termos práticos, namorar significava que passaríamos o recreio juntos, dividiríamos nosso lanche, jogaríamos pingue-pongue e que eu seria legal com os amigos dela e ela com os meus.

Mas ela havia acabado de chegar à escola, e seu único amigo era eu. Acho que era nisso que consistia nosso namoro: em amizade, embora chamássemos de namoro, porque era o nome mais valioso e conveniente que nossa relação poderia ter naquela situação.

Era um namoro prosaico e platônico, que tinha o nome de namoro mas não o corpo ou os hormônios e pouco modificava minhas atividades rotineiras. No entanto, me dava a proteção social de que eu precisava contra tipos como o Marcos Bauer ou meu tio Carlos, que todas as vezes que me via, perguntava: "E aí, Tino, já desencantou? Já arranjou namorada?".

Lembro-me de minha mãe, tentando disfarçar o orgulho, responder à pergunta do meu tio antes de mim: "Parece que o Tino desencantou, não é, filho? Arranjou uma namorada na escola. O nome dela é Anna. Até que é bonitinha. Filha de austríacos".

Falava de minha namorada para toda a família, fazendo um carinho na minha cabeça ou no meu braço, se estivesse próxima o suficiente para isso. Meu rendimento escolar, que já era bom, ficou melhor.

No ano seguinte, porém, no primeiro dia de aula da quarta série, Anna não apareceu na escola. Achei que seus pais haviam decidido estender as férias, mas depois vi que seu nome não constava da lista de chamada da nossa classe.

Não havia celular nem e-mail, e a única coisa que eu sabia dela era que sua família morava no Campo Belo. Fiquei um pouco desapontado com seu desaparecimento, mas o incômodo acabou passando. Eu já sabia namorar. Era o que queria aprender.

No ano seguinte, minha família se mudou de Moema para Higienópolis. Meu irmão e eu passamos a estudar num colégio maior, onde ficaríamos até o vestibular.

A nova escola me possibilitou deixar a identidade descoberta por Marcos Bauer para trás, trancada num passado cada dia mais distante de quem eu decidira me tornar.

As bases desse meu esforço cotidiano de reinvenção foram sempre disciplina, sobriedade e segurança. Eu queria ser popular. Era bom aluno e me esforçava para ser um atleta acima da média. Por duas ou três vezes fui eleito representante de turma.

O ponto alto de minha popularidade na adolescência deve ter sido quando beijei a Erica Mizutani, a menina mais bonita da classe, na festa de quinze anos da Valéria Boutros. No mesmo fim de semana, fomos ao cinema com o pessoal da escola e passamos o filme inteiro — *Barry Lyndon*, 184 minutos — nos beijando.

O caso não sobreviveu ao terceiro mês. Para ela e para mim, a ideia do namoro era muito mais atraente do que a prática propriamente dita. Resolvemos terminar, mas ficamos camaradas, e era como se agradecêssemos reciprocamente o rompimento.

Quando, anos depois, reencontrei minha primeira namorada, Anna, no cursinho pré-vestibular, nem perguntei sobre as razões de seu desaparecimento na terceira série primária. Nessa época eu já namorava sério com Débora, a mulher da minha vida.

5. Alucinação coletiva

Ainda que seja de uma distância tão grande e protetora quanto a que existe entre a morte e a vida, tenho de ter todo o cuidado para falar de Débora.

Durante o tempo em que estive vivo, não houve ninguém por quem eu tenha sentido maior gratidão e ternura. Desde o começo, desde o dia em que nos conhecemos, tive interesse por ela, pelo destino dela, porque, afinal, eu havia decidido — aos quinze anos de idade — que a vida dela condicionaria a minha.

Senão, vejamos: o que a gente sabe aos quinze anos de idade? Muito pouco. Então, Débora e eu crescemos juntos. Aprendemos muito um com o outro. Ela foi a única mulher que eu tive na vida. Eu também fui o primeiro e, acho, até a minha morte pelo menos, o único homem que ela teve.

Ela passou a usar meu sobrenome e a fazer parte de minha declaração de imposto de renda. Sofremos uma grande perda juntos. Separação nunca nos ocorreu como possibilidade real. Não fizemos nenhum movimento nesse sentido. Morri marido dela. Hoje, ela é minha viúva.

No entanto, haverá quem, ao tomar conhecimento das circunstâncias de minha morte, diga a qualquer um que venha a mencionar meu nome no futuro: "Esse cara não prezava seu casamento. Esse cara está de papo-furado. Ele passou a vida enganando a pobre da mulher, pondo chifres nela".

Isso não é verdade. O que se poderia dizer a essa gente? Que eles estão sendo injustos? Faria alguma diferença para eles ou para mim? Sei que tentei ser um homem sincero. Estava a meio caminho de conseguir. Não cheguei a completar minha obra.

Dessas maledicências, só posso me defender com os fatos de minha vida, tal como os recordo.

O que falarão de mim não me afeta mais. Não conseguirei ouvir nada do que digam. Já foi. Eu não existo mais. O mundo das pessoas não tem efeito sobre mim. Não tenho nada a perder. Por isso, ainda que minhas palavras sejam, claro, reflexo da minha subjetividade e ignorância, serão proferidas de boa-fé.

É só o que faz sentido agora.

≈ ≈ ≈

Todo casamento se apoia num equilíbrio dinâmico e precário entre duas pessoas que, ao longo da vida, se transformarão. Casar-se, apenas, não adianta. Tem de querer continuar casado, todos os dias. Acordar e dizer a si mesmo: "hoje eu vou terminar o dia casado", e adaptar sua vida a esse objetivo. Tem de ter a mesma determinação cotidiana de alguém que decide parar de beber com os Alcoólicos Anônimos: "hoje eu vou continuar casado".

Você se lembra daquela cena do filme *Beleza americana* em que a Annette Bening, corretora de imóveis, está limpando uma casa à venda e dizendo para si mesma "Vou vender esta casa hoje"? É a mesma coisa.

Todo mundo que já foi casado deve ter sentido isso. Não é mais preciso ser hipócrita a esse respeito.

Eu não esperava nada de espetacular da minha vida de casado. Queria o que todo mundo quer, o básico. Mas assumo que, depois da morte de André, minha relação com Débora se transformou. Minha fantasia de um casamento, não digo nem perfeito, mas, pelo menos, funcional, começou a se dissipar. O casamento se tornou um incômodo, quase.

Foram muitas as razões que fizeram nossa relação se modificar. Acho que o principal mesmo foi o efeito natural do tempo sobre as pessoas, que já operava em nós havia anos e começou a ter impacto sobre o equilíbrio do nosso casamento. A morte de André catalisou esse processo.

Depois que nosso filho morreu, meu amor por Débora se manteve, mas passou a se confundir com pena, compaixão, algo assim.

≈ ≈ ≈

Conheci Débora em 1980, no Acampamento do Tamanduá, uma colônia de férias que ficava entre São Bento do Sapucaí e Santo Antônio do Pinhal, na Serra da Mantiqueira, quase na divisa de São Paulo com Minas Gerais.

Supostamente, a colônia tinha orientação pedagógica avançada e adotava uma linha que não conseguirei recordar. Não era barata, mas servia como solução para pais que, durante as férias, por alguma razão, não pudessem cuidar da prole — ou a quisessem afastada.

Havia vários filhos de pais em processo de separação.

Tinha muita gente tensa e infeliz, insegura com as vidas novas e desconhecidas que encontrariam depois daquele mês de férias no acampamento.

Eu estava com quinze anos quando meus pais viajaram com um grupo de amigos para assistir às Olimpíadas de Moscou. Meu irmão George já estava na faculdade e ficou sozinho em São Paulo. Fui despachado para passar a temporada de férias no tal do Acampamento do Tamanduá. Ainda me lembro da paisagem do lugar.

Tive notícia, faz uns três anos, de que um deslizamento de terra soterrou o acampamento. Não era temporada de férias, mas toda a família do caseiro morreu — seis pessoas no total. Não sobrou ninguém.

No caso de minha família, porém, o Tamanduá revelou-se muito profícuo. Foi o que, em mim, abriu as portas para a próxima geração. Propiciou minha descendência. Foi lá que conheci a mãe dos meus filhos. Guardo as melhores lembranças daquele lugar.

≈ ≈ ≈

Débora era alta. Um metro e setenta e oito. Evitava salto e não gostava de que soubessem que calçava quarenta. Tinha cabelos castanhos quase loiros, ondulados. Os olhos também eram castanho-claros; os cílios, longos. Tinha sardas no rosto, e foi isso que me chamou a atenção na primeira vez que a vi. Lembro dela assim.

Muitos anos depois de nosso casamento, quando quase não transávamos mais, eu ainda gostava de descansar a cabeça sobre suas costas, com ela de bruços sobre a cama, e de mergulhar os olhos nas sardas da sua pele.

Ela era um ano mais velha do que eu. Antes do começo do namoro, achei que a diferença de idade inviabilizaria a relação. Depois, já namorando, na minha cabeça imatura, eu achava que o fato de ser alto e corpulento compensava a diferença de idade.

Ao longo daquele inverno de 1980, nas atividades de que participávamos juntos, eu sempre procurava tratá-la de forma especial. Sorria mais para ela do que para as outras meninas, querendo ser solícito, ajudando-a e fazendo coisas por ela, como se, com meus atos, lhe dissesse: "você pode confiar em mim". Minhas atitudes eram discretas e acho que ninguém as notou, só ela.

Uma vez me disse que se deu conta de que eu talvez estivesse interessado nela quando a chamei para fazer parte do time de voleibol — nesse dia, eu era o capitão —, mesmo ela sendo completamente inepta para esportes.

Primeiro, estabeleceu-se um ambiente de camaradagem entre nós. Na última noite da temporada, depois da Festa das Velas, ficamos ela e eu em volta da fogueira ouvindo música e o estalo das brasas, olhando para o fogo, sentindo o cheiro da lenha queimada. O André Abujamra, que então também tinha quinze anos, tocava "No woman no cry" no violão, de olhos fechados.

Enquanto ele tocava a gente se encostou, ou melhor, eu me encostei nela, e ela não se moveu. Ao longo da noite, fiz carinho no seu joelho com o dedo, por cima da calça jeans, e ela não moveu a perna. Ao mesmo tempo, porém, não me olhava. Sua atenção parecia fixada na música e na fogueira.

Eu fiquei sem saber o que fazer, e não fiz nada.

No dia seguinte, no ônibus que nos levava de volta a São Paulo, nos sentamos lado a lado. Durante a viagem, consegui pedi-la em namoro e nos beijamos.

Acho que foi isso.

≈ ≈ ≈

Àquela altura, meu irmão George estudava Direito. Eu, que o tinha como ídolo na época, já havia enfiado na cabeça que queria ser advogado como ele.

Débora dizia que queria ser atriz, e eu achava aquilo intrigante, quase atraente. Ela fazia parte do grupo de teatro de sua escola, e, logo no primeiro ano do nosso namoro, participava de uma montagem de *Casa de bonecas* à qual assisti diversas vezes. O fato de eu namorar uma "atriz" de uma escola mais alternativa que a minha me validava em meu ambiente colegial. Sentia-me descolado e achava que as pessoas sentiam o mesmo.

Agora vejo que era como flertar com o desastre.

O mais importante para mim, o que obnubilava tudo, era que o namoro pareceu definitivo desde o começo. Vivíamos na mesma subcultura paulistana. Nossos pais haviam estudado nos mesmos colégios. Tínhamos recebido o mesmo tipo de educação burguesa, as mesmas referências.

As famílias incentivavam nosso relacionamento. No início do namoro eu chamava meus sogros de "tios". Todo mundo parecia feliz.

Mas esse sentimento deles era composto em grande parte de alívio. O mesmo tipo de alívio que se sente quando se dá à luz um bebê saudável. O clima de harmonia familiar que nos envolvia e se estendia sobre nós acabou embotando nossa consciência e entorpecendo nossos instintos. O casamento se tornou um fato antes mesmo de se formalizar.

Na época da faculdade, já falávamos em casamento porque sabíamos que se tratava de uma necessidade que tínhamos em comum. Casar era importante para Débora. Uma vez ela me disse que odiaria ter ficado solteira. Do meu lado, George já havia se casado e saído de casa. Eu sabia que, na ordem natural das coisas, era meu papel seguir seu exemplo de irmão mais velho. Casar era o protocolo do filho ideal que eu queria ser. Tratava-se apenas de uma questão de tempo.

Porém, no quarto ano da faculdade, sétimo de nosso namoro, Débora rompeu comigo. Foi um rompimento abrupto, uma decisão tomada por impulso.

O motivo foi eu ter ido a uma reunião da Atlética da faculdade em lugar de assistir ao seu teste de seleção para o elenco de uma peça. Ela contava com a minha presença. Não se desempenhou bem e não foi selecionada.

Quando liguei para ela à noite, depois do teste, ela não me atendeu. Tampouco retornou minha ligação. No dia seguinte, consegui falar com ela. "Constantino, acabou. Não quero mais ficar com você. Acabou. A gente não vai a lugar nenhum juntos. Você só pensa em você. Você não está nem aí para mim. Por favor não me liga mais. Você não me faz bem."

A decisão dela me desestruturou. Eu não tinha um plano B. Débora cortou completamente a comunicação comigo. Ficou uns dez dias sem me atender e viajou para a Bahia com uma amiga. Eu ligava todos os dias para a casa dela para saber se ela já tinha voltado. Finalmente, um dia, ela atendeu a minha chamada. Aceitou um encontro para conversarmos.

Fui buscá-la em casa com um buquê de rosas amarelas, suas favoritas, um cartão ("Você é a coisa mais importante da minha vida, não consigo viver sem você...") e uma fita cassete gravada repetidamente com apenas uma canção do Gilberto Gil chamada "Deixar você", cuja letra explicava de forma poética o que eu achava de nosso rompimento.

"Deixar você/ Ir/ Não vai ser bom/ Não vai ser/ Bom pra você/ Nem melhor pra mim/ Pensar que é/ Só/ Deixar de ver/ E acabou/ Vai acabar muito pior/ Pra que mentir/ E/ Fingir que o horizonte/ Termina ali defronte/ E a ponte acaba aqui?/ Vamos seguir/ Reinventar o espaço/ Juntos manter o passo/ Não ter cansaço/ Não crer no fim/ O fim do amor/ Oh, não/ Alguma dor/ Talvez sim/ Que a luz nasce na escuridão."

Reconheci minha displicência e meu egocentrismo e pedi desculpas com lágrimas nos olhos. Ela me aceitou de volta.

"A luz nasce na escuridão." Fico pensando nessa frase. Será?

≈ ≈ ≈

O final da faculdade pareceu o momento ideal para fazermos essa transição. Vários amigos e colegas faziam o mesmo. Nunca fomos a tantos casamentos.

(*Aula de língua portuguesa. Professor Batista recita de memória um poeta parnasiano. Marcos Bauer senta três carteiras atrás de mim: "Vai-se a primeira pomba despertada../ Vai-se outra mais... mais outra... enfim dezenas/ Das pombas vão-se dos pombais, apenas/ Raia sanguínea e fresca a madrugada". Nunca me esqueci desse poema.*)

Casamos seis meses depois da formatura, quando eu já estava trabalhando com o George no escritório de advocacia, perto do parque do Ibirapuera. Alugamos uma casinha de vila não muito longe, em uma travessa da avenida Santo Amaro. Eram tempos frenéticos, porque eu queria me provar adulto, capaz, então trabalhava feito um louco. Tinha prazer em chegar antes e sair depois de todo mundo no escritório, essas coisas.

Meu kit de homem de bem estava quase completo.

É curioso que ao casar eu tenha sentido a mesma tranquilidade que senti ao morrer. Nas duas situações, parece que passei a fazer parte de algo maior do que eu.

Você se sente mais consolidado, se é que me faço entender.

Quando me casei, estava convencido de que todos os meus truques dariam certo para sempre. Quando minha mulher engravidou, me senti perfeito. Foi esse sentimento de perfeição que pôs tudo a perder para mim. Pensei que fosse durar para sempre. Aí, descarrilei. É isso o que acontece quando você se casa com vinte e três anos de idade achando que sabe tudo.

Ninguém diria que eu e Débora, ao casar, estávamos desperdiçando partes importantes de nossas existências, vendendo nossas vidas por muito menos do que valiam. Eu não entendia ainda que, na vida, não há controle possível. As coisas acontecem ou não acontecem. Não tem jeito. Aprendi isso mais tarde, da forma mais dolorosa.

Acho que é por isso que, nesta escuridão absoluta em que me encontro — e que pode durar para sempre ou acabar antes do fim desta frase —, me sinto tranquilo, deixo meu destino se cumprir.

Sou um bosta n'água, ao sabor das marés.

6. Carnaval dentro de mim

Os avós de Débora haviam sido pioneiros no Jardim Virgínia, no Guarujá, e tinham uma casa grande na esquina da avenida Atlântica com a rua do canal. Durante nosso namoro, passamos vários feriados nessa casa.

Quando isso acontecia, eu dividia quarto com o meu cunhado Sílvio, irmão único e mais velho de Débora. Esse quarto que ocupávamos — "o quarto dos rapazes" — era na verdade uma garagem convertida em dormitório adicional. Ficava separado da casa, do lado de fora, com acesso independente.

O quarto tinha dois beliches de madeira, uma cômoda e um pequeno armário perto do banheiro com azulejos azul--celeste e um chuveiro elétrico que sempre dava defeito.

Sílvio era cinco anos mais velho do que eu. Na época em que dividíamos quarto mais frequentemente, ele começava a explorar sua vida adulta. Dirigia, bebia, saía à noite. Nem Débora nem eu ocupávamos muito de sua atenção. Ele não era rude, mas pouco falava conosco. Tinha coisas mais importantes para fazer.

Sílvio e Débora acabaram ficando muito mais próximos ao longo dos anos, sobretudo depois da doença dos pais. Já eu nunca consegui desenvolver uma relação espontânea ou íntima com o meu cunhado.

A culpa terá sido minha, porque acho que não desenvolvi relação íntima ou espontânea com ninguém. É difícil ser espontâneo quando se tem medo. Como ser íntimo quando a intimidade é o que mais apavora você?

Então, não poderia dizer que Sílvio e eu tenhamos sido amigos. Além do quarto que dividíamos na casa dos avós, pouco tivemos em comum. Fomos cunhados, apenas, na acepção quase negativa do termo. Nunca buscamos proximidade um com o outro. Nossa relação era pacífica, mas institucional. Se eu viesse a me separar de sua irmã, jamais voltaria a vê-lo.

Ele era médico radiologista e, como eu, trabalhava bastante. Em geral, nos encontrávamos nas festas de família. Nessas ocasiões, conversávamos, mas de maneira indireta, participando do que se discutisse à mesa.

Ele era palmeirense fanático. Eu, embora não gostasse de futebol, também me declarava palmeirense. Ao longo da vida, esse vínculo futebolístico foi o mais significativo que desenvolvemos.

Sílvio sempre foi considerado bonito. Era mais alto e tinha o tórax mais definido que o meu. Era vaidoso. No nosso quarto na casa de praia, enquanto escolhia o que iria vestir para suas saídas noturnas, circulava no quarto de toalha, ou nu, despreocupadamente. Nunca me pediu qualquer opinião sobre suas roupas. Antes de finalmente sair, perfumava-se com vários jatos de uma colônia Paco Rabanne suave, que sempre me fez lembrar do Guarujá.

A nudez de Sílvio despertava meu interesse. Nunca

tive coragem de encará-la. Ainda assim, a conhecia de cor. Seria capaz de descrever o corpo peludo do meu cunhado, visto da cama de cima do beliche, ou pela fresta da porta do banheiro. Tenho uma coleção de imagens mentais dele que colhi, toda vez que pude, durante nossa convivência no quarto dos rapazes. Acho que Sílvio nunca percebeu minha curiosidade.

Em 1982, passamos o Carnaval na casa de praia dos avós. Sílvio tinha planos de ir a todos os bailes que conseguisse. Débora e eu, que não gostávamos de bailes e ainda não dirigíamos, ficávamos em casa, assistindo aos desfiles na televisão ou jogando baralho com os avós. Muitas vezes dormíamos cedo, porque gostávamos de caminhar na praia vazia de manhã.

Numa daquelas noites de Carnaval, despertei com Sílvio abrindo a porta do quarto. Não sei que horas eram exatamente, mas devia ser depois das quatro da manhã. Ele, de volta dos bailes, supunha que àquela hora eu já estaria em sono profundo, porque trazia companhia. Imóvel, deitado na escuridão, não consegui ver quem o acompanhava.

Eu ocupava uma das camas inferiores de um dos beliches. Enquanto fingia dormir, eles subiram para a cama de cima do beliche em frente ao meu. Com as luzes apagadas, eu ouvia sussurros e risos abafados; depois, gemidos ritmados e sons guturais. Permaneci acordado durante todo o tempo em que eles estiveram por lá.

Faltava pouco para amanhecer quando os dois desceram do beliche. Meus olhos já estavam acostumados à escuridão, e eu vi os corpos nus de meu cunhado e de uma mulher de cabelo comprido que não reconheci.

Depois que saíram do quarto e ouvi o barulho do carro de Sílvio partir, cedi à curiosidade, subi no beliche e sentei na ponta da cama em que haviam acabado de transar.

As rugas nos lençóis emulavam partes e posições corporais, em uma espécie de sudário do sexo que eles haviam acabado de fazer a quatro metros de mim, do meu corpo.

Cedi ao impulso de aproximar meu rosto da mancha molhada que eles haviam deixado no lençol. Senti cheiro de água sanitária no esperma que meu cunhado havia acabado de ejacular.

Não tive repugnância. Ao contrário, me entreguei àquele odor. Senti vontade de encostar a língua naquela mancha de cloro, de provar a umidade de meu cunhado e de sua amiga, mas não tive coragem.

Como eu disse há pouco, é difícil ser espontâneo quando se tem medo. E se Sílvio voltasse ao quarto para buscar algo esquecido e me surpreendesse ali?

A situação me deixou tenso e, de volta a minha cama, tive de me masturbar duas vezes para conseguir adormecer.

7. A possibilidade da escolha

Sempre tive um sentimento de urgência. O que viria depois era, em geral, mais interessante do que o que acontecia no presente.

O presente não importava tanto para mim porque, em vida, eu achava que sempre haveria um depois. Meus pais já tinham morrido, mas só concebi a finitude da minha própria vida depois que meu filho morreu.

Na infância, queria implementar, em casa, coisas que via em seriados japoneses na televisão. Queria construir escadas, pontes e piscinas. Sonhava com Kimba, o leão branco — "ele não tem medo de nada!" — e com Godzilla atacando Tóquio.

Também tinha um caderno onde escrevia os nomes dos episódios de "A princesa e o cavaleiro" — "Ela precisa fingir que é um homem para se defender do malvado duque", explicava a voz masculina na abertura. Via tudo isso na televisão, enquanto esperava, na casa dos meus tios, que meus pais fossem me buscar depois da escola: "O torneio da traição", "Espíritos do sono", "O monstro que comia sombras", "O homem dos pombos", "A caixa da fortuna", "O tesouro de Safiri". Sei todos de cor.

Por muito tempo mantive a certeza de que, se cavasse sem parar, conseguiria abrir um túnel até a China. Meus pais achavam essa minha imaginação infantil engraçada. Eu vivia cercado de elogios. A única fonte de insegurança com a qual eu tinha de lidar era eu mesmo.

Na adolescência, ainda ouvia Marcos Bauer — "Constantino é bicha!" — e não aceitava que Deus pudesse ter me criado imperfeito. Todo adolescente é um pouco arrogante, mas acho que eu era pior. Por décadas, me senti capaz de ignorar limitações. Defini cedo quem eu queria ser. Não deixei espaço para alternativas.

Minha qualidade mais notada era a inteligência. Tinha convicção de que, dentre meus colegas de escola, minha inteligência era pelo menos acima da média. Era um dos melhores da classe.

Ser reconhecido como "um dos melhores" foi sempre uma obsessão para mim. Deve ser algum mecanismo de compensação que não cheguei a compreender direito.

Eu sabia que não experimentava as mesmas sensações de desejo que meus amigos em relação ao sexo oposto. Ainda assim, conseguia descrevê-las convincentemente, como se fossem minhas. Nunca foi difícil enganá-los.

≈ ≈ ≈

Débora e eu demoramos mais de um ano para transar pela primeira vez. Eu procurava não pensar em sexo. Ela não me pressionava. Cumprimos nosso ritual de primeira transa numa tarde de sábado, numa viagem que fizemos com amigos da escola a Campos do Jordão.

Estava mais ou menos subentendido entre nós que iríamos transar, porque sabíamos que dormiríamos sozinhos em uma cama de casal por duas noites. Lembro-me da sensação de penetrá-la pela primeira vez, da diferença de temperatura e umidade, primeiro na cabeça, depois no corpo de meu pênis.

Débora sangrou um pouco, mas havíamos levado uma toalha, e a usamos para forrar o lençol da cama da casa em que nos hospedávamos.

Durante o namoro, a logística de nossas transas era complicada, porque não tínhamos oportunidade de ficar a sós. Passamos longas temporadas sem sexo quando ela teve apendicite e eu operei fimose. Sempre nos conformamos com esses hiatos físicos e nunca pensamos nisso como um problema.

Fui me deixando crescer em meio a mentiras que eu mesmo criava e nutria. Achei que tinha superado a maldição de Marcos Bauer. Agora, que já não há mais nada a fazer a respeito, me pergunto se teria tido escolha, se teria havido alternativa para mim.

Gostaria de pensar que não, mas, como já disse, não faz sentido não ser honesto.

É óbvio que eu tinha escolha. Não teria sido fácil, mas eu tinha alternativa.

Basta pensar no Olavo Pires. Ele era primo distante de minha mãe e nunca se casou. Não teve uma vida dupla. Na família, todo mundo sabia que ele era diferente.

Há uns dois anos eu o encontrei num café da Oscar Freire, perto do meu escritório. Estava com o namorado, marido, sei lá, que eu conhecia porque já os havia visto juntos antes. Não pareceu nem um pouco constrangido ao me apresentar: "Constantino, você se lembra do Alex?".

"Claro", respondi, enquanto lhe apertava a mão rapidamente, a caminho de minha mesa.

É o que qualquer um em minha situação faria.

Nos negócios, Olavo se deu muito bem. Teve projetos executados em toda a cidade, ganhou prêmios e tudo mais. Mas era arquiteto. No ramo dele você até se beneficia com isso. Além do mais, seu tino comercial era excelente.

Pagou um preço alto. Primeiro, nunca foi pai. Segundo, foi condenado a um certo ostracismo familiar. Quase não mantinha contato com os parentes.

Eu não quis pagar nada. Não queria ter a minha vida limitada, nem familiar, nem profissionalmente. Queria escolher quem era. Mas fui vítima de um paradoxo — ou de minha arrogância.

Achava que a vida me daria um desconto. Aos poucos, percebi que não havia desconto programado e que a vida cobrava por ação e por omissão. Descobri que estava com saldo negativo no cheque especial, pagando juros sobre juros.

É engraçado: eu não queria ostracismo, mas acabei ostracizando minha própria natureza, porque eu tinha medo dela. As pessoas se lembrarão de mim, terão uma imagem de mim, só que não serei eu. Será o depois de mim.

Foi isso o que construí.

Não pense que foi fácil para mim. Fiz tudo sozinho. Nunca falei disso com ninguém, além das pessoas com quem tive contato durante o processo de aceitação, se é que posso chamá-lo assim — e que conto nos dedos de uma mão: Alano, Bruno e Emílio.

8. O pai que eu queria ser

Eu sempre quis ser pai. Queria ter essa identidade, assumir essa responsabilidade, desempenhar esse papel. Eu queria ser pai de alguém.

Gostava de que soubessem que, já tão cedo em nosso casamento, eu engravidara minha mulher. Me dava a sensação de dever cumprido — a mesma que tenho agora. Morri e deixei meu DNA no mundo. Sigo fazendo parte da experiência humana. Não me omiti.

André nasceu enorme, com cinquenta e cinco centímetros e mais de quatro quilos, no dia 19 de março, um dia antes de Débora e eu completarmos nove meses de casados.

Não gosto de admitir isto, mas, quando ele nasceu eu estava muito mais preocupado com o que ele representaria para mim, com o que ele traria para mim, do que com o que eu poderia proporcionar a ele, inclusive em termos de aceitação do que quer que ele viesse a ser no mundo. Ele mesmo, como pessoa, como indivíduo, não significava ainda muito para mim.

Eu olhava para aquela criança e ouvia as instruções de segurança nos aviões: "Em caso de despressurização, puxe sua máscara de oxigênio e coloque-a sobre o nariz e a boca. Se estiver acompanhado de criança ou idoso, auxilie-os apenas depois de colocar a sua". Eu olhava para o meu filho e pensava, concentrado: ajude-me a ajudar você.

Depois, aquela vida se incrusta na sua. E tem o convívio diário, e todo sentimento é suplantado pelo amor, mesmo que você não queira sentir esse amor, ainda que você não o entenda ou não o tenha planejado.

Você pode ser feliz ou triste com esse amor, mas é melhor que seja feliz, porque não tem como se livrar dele depois que você gera filhos.

Consegui ser feliz com os filhos que tive, mas acho — tenho quase certeza, para ser sincero, e essa quase certeza me dá uma pena enorme — que meus filhos poderiam ter sido mais felizes se eu tivesse sido um pai mais próximo. Esse é um arrependimento que eu levo comigo.

Léa nasceu cinco anos depois de André, também no mês de março, grande, ruiva e saudável.

Eu achava que Deus tinha sido generoso comigo, mas também achava que cumpria a minha parte para merecer o que ele me dava. Pelos meus padrões, minha vida estava dando certo, tudo acontecia como eu planejara.

O xingamento do Marcos Bauer nunca me parecera tão distante.

≈ ≈ ≈

Minha tendência de me concentrar no futuro, algo entre a ansiedade e o escapismo que trazia desde a infância, fez com que eu evitasse a realidade prática, o dia a dia de ser pai. Viajava pelo Brasil, atuava em audiências, visitava clientes e ganhava dinheiro.

Supostamente, fazia isso por amor a minha família. Mas acho que era por amor a mim mesmo. Adorava a vida de viajante, de chegar pela manhã ao aeroporto de Congonhas de banho tomado, pronto para embarcar.

Nessas minhas andanças, sempre falava de meus filhos com meus clientes. Em algum momento da conversa, era fatal eu fazer uma referência a eles. Sobre o fato de André ter ido para a olimpíada de matemática e ser um dos melhores jogadores de futebol da escola, ou sobre como minha caçula era linda e sabia muito mais de computadores e assemelhados do que eu. Valorizava muito a identidade de pai de família. Não sei como seria viver sem ela.

Ainda assim, André e Léa sempre foram muito mais filhos da minha mulher que meus. Quem os criou foi ela. Em nossa casa, o dever da atenção às crianças era delegado a ela.

Tive com meus filhos uma relação estereotipada, sem originalidade nenhuma. Acho que fiz o mínimo. Encostei-me muito na Débora, que, desde a gravidez de André, desistira de uma carreira profissional para se dedicar integralmente à maternidade. Sempre foi muito presente como mãe.

Às vezes eu sentia um pouco de culpa, mas intimamente nutria a esperança de exercer melhor a paternidade no futuro, depois que eles crescessem, quando fossem adultos. Essa era a noção de paternidade que eu tinha. Pensava em trazê-los para trabalhar comigo, em fazer viagens com eles, em construir uma grande casa de praia, onde todos os netos pudessem passar as férias com um avô que eles, agora, se vierem a existir, jamais conhecerão.

Morri e não sei qual foi o meu legado. Nesta escuridão que me envolve, não consigo vislumbrar o que deixei de mim para os outros. Antes de morrer, não pensava muito em legado nos termos em que penso agora.

Pensava em fazer mais, em acumular, pensava em gerações. Queria corrigir o passado por meio do futuro. A vida se media em progressos visíveis. O presente era sempre o caminho para o que viria a ser.

Como todo mundo, achava que teria mais tempo.

Morri sem ser avô, mas espero que minha filha tenha lindos filhos e netos, e que eu chegue a ser bi, tri e tetravô, mesmo in absentia.

9. Outros sentidos

Meu senso de orientação sempre foi excelente. Eu conhecia os pontos cardeais automaticamente, por intuição. Desde criança, sabia para que lado ficava o Norte.

A morte me tirou esse sentido. Não tenho ideia de minha localização. Estou perdido e desorientado num vazio absoluto.

Se eu estivesse vivo, essa sensação me causaria angústia. Aqui, no limbo, não me provoca nenhum tipo de desconforto; sinto-me acolhido, e a temperatura do que me envolve é agradável. Me recorda a da maca morna na qual Narisawa-san, o fisioterapeuta, fazia shiatsu em mim.

Antes de chegar à clínica, subia três quarteirões da rua Augusta a pé. Entrava no elevador antigo do prédio comercial soturno e andava até o fim do corredor.

Na recepção, sob luz branca, sempre notava o gatinho japonês acenando com a mão. Narisawa me mandava deitar na maca aquecida, perguntava se a temperatura estava boa e começava a rotina de empurrar músculos e puxar tendões. A gente não trocava uma palavra além do necessário, mas eu conhecia seu cheiro. Gostava de suas mãos em mim.

Onde quer que eu esteja agora, Narisawa está comigo, apertando músculos doloridos, alcançando pontos inflamados, sem que eu tenha de indicá-los. Narisawa — ou alguém, algo — os localiza em meu corpo. Foi ele que conseguiu acabar com uma dor que eu tive no pescoço por anos.

Morto, nada me faz falta, e é como se eu, tendo subido três quarteirões em ladeira íngreme de uma rua movimentada num bairro central de São Paulo, estivesse agora deitado na maca morna, sendo massageado por mãos invisíveis, silenciosamente, em carícias que não sei até quando irão durar.

Não tenho mais esse corpo. Não posso me esquecer. Minha carne pode até já ter sido cremada, ou embalsamada, e estar em trânsito, em processo de repatriamento para o Brasil.

Ou também pode ser que meu cadáver continue em um necrotério estrangeiro, esperando reconhecimento. Será que alguém já foi reclamar meu corpo? Como farão com a papelada? Será que Débora me perdoará?

Na falta de luz, faço listas de lembranças. Busco odores da existência para dar graça à inexistência: perfume de rosa, maresia, canela, percevejo, tangerina, chiclete de melancia, incenso da esquina da rua Augusta com a Alameda Lorena, suor, cloro.

Achava que na morte o fim seria rápido, mas parece que não vai ser assim. Mentalmente, repasso estas listas que não sei para quem seriam ou a que serviriam. Sons e imagens. Ouço canções. Na escuridão, flashes de lugares me aparecem sem que eu os tenha evocado: entrada do colégio Dante Alighieri, Acampamento do Tamanduá, quarto de praia na casa dos avós de Débora, uma estrada de terra em São Bento do Sapucaí, Shinjuku Ni-chōme, escola de natação no Itaim-Bibi.

10. Palavras inesquecíveis

Schadenfreude: ri da miséria alheia por falta de compaixão.
Improvisação: odiei coisas malfeitas, lei do menor esforço.
Passividade: pena que sou humano e tive medo de tomar certas iniciativas.
Ingenuidade: é um conforto que eu não merecia, me escondi na minha.
Arrogância: a maneira mais burra de lidar com a insegurança.
Covardia: ataquei gente que não tinha como se defender.
Mentira: considerei minha realidade mais importante que a dos outros.
Urgência: uma qualidade no mundo de hoje.
Controle: ouro de tolo.
Manipulação: a subtração do outro.
Soberba: um banquinho no qual subir.
Atração física: a indicação do caminho a seguir.
Generosidade: uma maneira insuficiente de aliviar o carma.

Sensualidade: a caixa-preta da minha existência.
Amizade: só quando possível.
Amor: miragem, dependência, ironia e virtude.
Sexo: um remédio que eu não soube usar.

11. Cananeia

Dizem que Cananeia é a cidade mais antiga do Brasil. Teria sido fundada cinco meses antes de São Vicente, mas inexiste documentação oficial que o comprove. Fica no extremo sul do litoral paulista, na fronteira com o Paraná. Em 2014, sua população estimada era de doze mil e seiscentas pessoas.

Passei por Cananeia uma vez na vida: quando fui reconhecer o corpo de meu filho André. Foi lá que o encontraram morto.

Muita gente fala da brutalidade que é perder um filho e eu sou mais um para confirmar esse clichê. Exatamente como a chegada, a partida de um filho transforma a vida dos pais para sempre.

Você acha que vai se recuperar, que será possível voltar a uma vida funcional, como a que tinha antes, mas é um pouco de teatro, porque a morte de um filho muda tudo. Você deixa de ser quem era. É um ressentimento de si mesmo do qual não se consegue escapar. Nunca acaba.

Aquelas fotos de nós quatro — na viagem de férias, no dia de Natal, na formatura de um e de outro — passam a representar o que nunca mais voltará a ser. Aquele sentimento de proteção, de conforto social que a família dá, para de funcionar: agora, tem um buraco, no qual você pode, a qualquer momento, cair.

É difícil aceitar que a cagada tenha acontecido justamente com você, que o raio desta vez tenha caído na sua cabeça e não na do seu vizinho ou na do cara do *Jornal Nacional*, como costumava ser.

Será que a culpa foi de eu ter sido quem fui? Será que era uma maldição pessoal inescapável?

Você não consegue compreender a situação e se sente injustiçado. Ainda assim, ela está lá, é real. Não se trata de um pesadelo do qual não se acordou ainda.

E você é forçado a aceitar a nova realidade de pai sem filho, de pai com um buraco no peito, porque você tem sua filha para criar, clientes para atender, precisa ir ao supermercado, pagar as contas, dar seguimento à vida. Mas você nunca entende por que foi que isso aconteceu exatamente com você.

Você racionaliza, aceita, isola, mas não entende. Numa sexta-feira ele vestiu a mesma roupa de ginástica e os mesmos tênis que me entregaram sujos de sangue no Instituto Médico Legal. Saiu para malhar na academia e nunca mais voltou. A última pessoa da casa a vê-lo vivo foi nossa empregada, Ercília. Na necropsia, em seu estômago, encontraram a vitamina de banana que ela havia preparado.

Foi só na tarde de segunda-feira, quase setenta e duas horas depois de seu desaparecimento, que o investigador nos ligou com a informação de que haviam encontrado um corpo com as características e os documentos do André numa praia do litoral sul do estado.

Um pescador achou o corpo em uma área remota do Parque Estadual Lagamar, de Cananeia. Meu filho tinha as mãos atadas para trás com um fio de náilon, os olhos vendados com esparadrapo e um pedaço de toalha enfiado na boca. Foi abatido — "abatido" foi o termo que o policial usou — com dois tiros na nuca.

A notícia pôs fim à agonia da busca e marcou o início de um período de dor interminável. Seu cadáver havia sido levado para o Instituto Médico Legal mais próximo, na cidade de Registro, a oitenta quilômetros de distância. Meu cunhado Sílvio foi comigo.

Lá o reconheci, com os dois tiros que entravam pela nuca e saíam pela testa. Ao lado de seu corpo, num saco plástico, as balas que o mataram, amassadas. Vê-lo esfacelado foi como vê-lo pela primeira vez. Senti uma espécie de amor definitivo.

Seu carro foi encontrado no dia seguinte, numa pequena rua no bairro do Jabaquara, perto de uma saída para a rodovia dos Imigrantes. Nada havia sido roubado. André tinha a carteira consigo. Seu celular foi encontrado desligado, dentro do porta-luvas do carro.

Não se identificou nada em seus e-mails ou mensagens que nos desse pistas do que ocorrera. Não havia vídeos feitos por câmeras de segurança. Não havia testemunhas. A polícia investigou algumas hipóteses, todas, a meu ver, implausíveis. Pensaram em queima de arquivo, envolvimento com tráfico de drogas. Aventou-se a possibilidade de que ele talvez houvesse sido assassinado por engano. Mas não se chegou a nenhuma conclusão.

Isso ficou mal resolvido na minha vida. Aceitei a impossibilidade de saber o que provocara a morte de André, mas apenas porque não tive alternativa.

Da data de sua morte até a data da minha, pensei no meu filho todos os dias. Antes de ele morrer, não era sempre que eu pensava nele. Tornei-me um pai melhor depois que ele morreu.

Devo reconhecer que fui um pai ausente. Volto a isso agora porque queria falar de meu filho de forma íntima e não consigo. André jogava no time de futebol da faculdade e se orgulhava da coleção de medalhas que ocupava toda uma prateleira da estante no seu quarto. No semestre seguinte se formaria em engenharia pela Poli.

Não tinha envolvimento com drogas e, pelo que sei, não estava com namorada fixa. André era bonitão, mais para tímido, passava horas trancado no quarto, estudando e jogando video game, sabe como é?

Nunca se descobriu por que ele foi executado do jeito que foi. Se seu corpo não tivesse sido achado com dois tiros na cabeça pelo tal do pescador, poderia ter sido tragado pela maré cheia e desaparecido no mar, comido por peixes, simplesmente suprimido da face da Terra.

Na minha cabeça, criei uma explicação para a morte dele. Sei que não tem nada a ver com a realidade, mas pelo menos é uma explicação.

Algum maluco ficou com ciúmes dele e resolveu matá-lo, tirá-lo do caminho.

Alguma mulher terá dito ao maluco: "Está vendo aquele bonitão ali, aquele de camiseta preta? Ele está me dando a maior abertura. Acho que ele está querendo alguma coisa comigo", ainda que isso nem fosse verdade.

O namorado — marido, amante — reagiria patologicamente. Não conseguiria suportar a imagem de meu filho sorrindo para sua mulher — e ela sorrindo de volta —, ou dos dois se beijando — ela abraçada a ele, gemendo. Nem conseguiria mais dormir, sua vida se tornaria impossível. Falaria com uns amigos de infância no bairro e eles apagariam meu filho da vida do maluco.

"O cara tem uma SUV prateada, placa GJC 4822, malha todo dia na mesma academia. É só ficar de olho, pôr na mira e fazer o serviço. Mas tem que ser coisa profissional."

Os pais falam dos filhos mortos com exaltação. Mas — além do lugar-comum —, analisando friamente, o meu André era fora de série, a melhor coisa que eu produzi. André foi quem eu gerei para me suceder, era a pessoa mais importante da minha vida; daria continuidade a ela. Que idiotice de minha parte achar que uma vida pode dar continuidade a outra.

Vivo, não lhe concedi a atenção merecida. Tive de perdê-lo para perceber o óbvio. Mas foi aí, quando percebi o óbvio, que as coisas começaram a mudar.

Meu filho foi vítima de um crime perfeito — e eu, também. Em vida, jamais soube por que razão atiraram nele. Na morte, continuo sem saber.

Será que vou encontrar com ele aqui?

≈ ≈ ≈

Com a morte dele, no meio da maior dor do mundo me dei conta de que era incapaz de controlar a existência — coisa que achava que tinha nascido sabendo fazer. Não conhecia outra maneira de levar a vida.

A morte do André deixou algo que hoje parece muito claro, mas que, na época, foi uma descoberta radical para mim: algumas coisas acontecem porque é da lógica do mundo que elas aconteçam. Não têm justificativa. Não adianta procurar.

Essa descoberta definiu quem eu viria a me tornar nos anos seguintes e, de certa forma, condicionou as circunstâncias de meu fim — que me surpreendeu, por precoce e inconveniente, mas que aceitei.

Hoje você reconhece o corpo do filho no Instituto Médico Legal e nada impede que amanhã você perca a filha de forma brutal, seja diagnosticado com câncer na garganta, ou morra bestamente porque escorregou no banheiro e bateu a cabeça na borda da privada.

A morte do André fez com que eu adquirisse a noção de que não adiantava me precaver. As gerações se sucederiam espontaneamente — ou não. Tentar ignorar essa verdade seria inútil.

Mas tive de passar por uma curva de aprendizado. Por vários meses depois que meu filho morreu, interditei em mim tudo o que tivesse a ver com emoções e sentimentos. Como prevenção, meu médico me receitou antidepressivos, que eu tomava religiosamente. O remédio criou uma barreira de proteção e me dessensibilizou, o que foi muito útil durante o primeiro ano depois da morte dele.

≈ ≈ ≈

Débora sofreu ainda mais do que eu, porque, além do trauma pela perda do André, desenvolveu uma reação paranoica de achar que ia morrer se pusesse os pés na rua.

Recusava-se a sair. Não conseguia se expor ao mundo. Era impossível levá-la a qualquer lugar. Se a deixássemos, ficava no quarto o dia inteiro, catatônica, sem nem trocar de roupa. Nos piores momentos, parou de escovar os dentes e resistia a tomar banho.

Os antidepressivos que seu médico lhe havia receitado — e que ela tomava diligentemente, bastando que a lembrássemos — demoraram a fazer efeito. Foi só depois de uns três, quatro meses que ela começou a sair de casa.

Já eu reagi de forma completamente distinta. Não sei se foi o efeito dos remédios ou se foi minha própria predisposição, acho que os dois. Mas a morte do André acabou me abrindo para o mundo, e isso foi uma coisa positiva, se é que algo positivo pode advir da perda de um filho.

Para sobreviver a sua morte resolvi mergulhar na minha vida, coisa que nunca tinha feito antes.

12. Eu não queria morrer cedo

Numa tarde de sábado, voltávamos de carro de um churrasco no sítio do meu cunhado Sílvio, em Jundiaí. Nessa época, embora Débora já reagisse aos medicamentos, ninguém queria deixar a gente sozinho, todo fim de semana tinha algum convite. Faziam de tudo para nos tirar de casa.

Na estrada, ouvíamos um álbum de Ella Fitzgerald cantando músicas de Cole Porter. Lembro disso porque era um dos meus discos favoritos e por causa das consequências que essa breve viagem de carro entre Jundiaí e São Paulo teve no meu destino.

Nesse dia, viajava conosco Adriana, uma prima de Débora a quem havíamos dado carona e que, logo depois disso, conheceu um sueco na internet e foi morar com ele no Recife.

Adriana tinha lido uma biografia de Cole Porter e, a certa altura, comentou pensativa sobre a "injustiça" — ela falou "injustiça" — de um compositor assim tão genial quanto ele ter um final de vida tão triste.

Segundo ela, Porter era homossexual, mas, para manter as aparências, se casara com uma americana oito anos mais velha chamada Linda Lee, a quem conhecera em Paris.

Cole e Linda tinham dinheiro de família e levavam uma vida de luxo e glamour. No entanto, durante os trinta e cinco anos em que foram casados, Linda foi morrendo aos poucos, de enfisema. Cole, por sua vez, sofreu uma queda de cavalo aos quarenta e seis anos de idade e nas duas décadas seguintes passou por dezenas de cirurgias na perna, até finalmente amputá-la. Depois da amputação, se recolheu e evitou contato ou exposição pessoal. Jamais voltou a compor.

≈ ≈ ≈

De volta a São Paulo, a história de Cole Porter e Linda Lee ficou ressoando na minha cabeça. No mesmo dia, encontrei na Netflix um filme sobre a vida do compositor que a Adriana mencionara no carro. Kevin Kline fazia o papel de Cole. Não me lembro mais quem interpretava Linda.

Tratava-se de Cole Porter velho, prestes a morrer, passando sua vida em revista, como num show musical, avaliando tudo. Algo mais ou menos como *Peggy Sue, seu passado a espera*, com a Kathleen Turner e o Nicolas Cage, sabe?

Sim, Linda sabia que Cole gostava de homens e não se importou com isso até que as atividades sexuais paralelas dele se tornaram escandalosas demais. Sim, várias das composições dele haviam sido inspiradas por amantes e paixões masculinas. Sim, eles haviam levado uma vida de luxo e glamour, disfarce bonito para ocultar uma inconveniência social.

A felicidade dele era incompleta. A felicidade dela, também. Foram infelizes juntos. O fim dos dois foi horrível. Ela sufocou. Ele morreu antes de sua vida acabar.

Será que poderiam ter evitado esse destino?

Algumas semanas mais tarde, numa noite de domingo, com as luzes do quarto já apagadas, eu saía do banheiro para me deitar. Foi quando vi o reflexo da televisão iluminando o rosto de minha mulher, sentada na cama, passando creme na face, na testa, vidrada na tela, inerte.

Naquele segundo, em frente àquela visão — minha mulher diante da abertura do *Fantástico*, fraca demais para reagir —, entendi que o que ela me propunha era passar o resto da vida mortos, vidrados na TV, passando creme no rosto, para não nos decompormos pelo lado de fora. Era essa a renovação de votos que ela propunha.

Fisicamente eu continuaria vivo, mas dependeria de mim se minha vida seguiria ou não.

Minha existência não era perfeita, mas eu não queria morrer ainda. Vejo agora que foi aí que meu compromisso com Débora começou a se desfazer.

13. Você precisa mudar sua vida

Meu contato com a Semprepaz foi acidental.

Débora dormia ao meu lado, enquanto eu, insone, assistia a um talk show na televisão. No programa, o entrevistado era um colega de faculdade do meu irmão George, chamado Alberto Sperafico. Lembrava-me dele porque George sempre dizia que Sperafico era o aluno mais inteligente de sua turma na faculdade. Ele havia inclusive estado em nossa casa algumas vezes. À época, isso ficou marcado em mim.

Alberto Sperafico formou-se em direito, mas nunca praticou advocacia. Associou-se aos negócios da família e depois de uma carreira bem-sucedida como empresário da construção civil decidiu fundar uma organização não governamental de combate à violência urbana chamada Semprepaz.

No programa, ele explicava que essa mudança de vida se dera depois que sua filha fora assassinada com um tiro no peito, em um assalto, quando voltava da faculdade de medicina no bairro de Pinheiros.

Eu não sabia que Alberto Sperafico, o mais inteligente da turma do meu irmão na faculdade de direito, havia perdido um filho de forma trágica, como eu. No infortúnio é reconfortante se identificar com alguém a quem se admira. Não que eu tenha sentido alguma alegria a respeito, mas é capaz que tenha esboçado um sorriso ao saber de nossa miséria comum.

Algumas semanas mais tarde, reconheci Alberto Sperafico na área de embarque do aeroporto de Brasília. Na fila, ele notou que eu o observava e me cumprimentou com um leve aceno, como cumprimentamos alguém a quem não sabemos se conhecemos ou não.

Por impulso, me aproximei. Apresentei-me como irmão mais novo do George Curtis. Alberto localizou na hora quem eu era e abriu um sorriso. "Como está o Banha?" (apelido do meu irmão na adolescência), "Seus pais vão bem?", "Aquele apartamento em que vocês moravam em Higienópolis ficava em que rua mesmo?" foram algumas das coisas que ele me perguntou.

Estávamos no mesmo voo para Congonhas. Ainda na fila de embarque, eu disse a ele que tinha assistido a sua entrevista e achado o trabalho da Semprepaz muito interessante. Também lhe disse que, como ele, havia perdido um filho de forma violenta. Trocamos cartões.

Poucos dias depois de nosso encontro fortuito, recebi uma ligação dele me convidando para tomar um café e conhecer a sede da Semprepaz, que ficava numa antiga oficina mecânica transformada em escritório, perto da rua Natingui, na Vila Madalena.

O espaço era bem montado, moderno, com móveis de madeira clara. Era composto de um único grande piso, sem divisórias, onde cerca de quinze pessoas trabalhavam em diferentes atividades. A iluminação vinha de grandes claraboias no teto alto, e era como se o céu de São Paulo também fizesse parte daquele ambiente.

Além disso, havia uma pequena recepção e dois nichos para reuniões, onde os visitantes eram recebidos.

Alberto me esperava na porta. Recebeu-me em mangas de camisa. Eu vestia terno e gravata, que era o que sempre gostei de vestir. Ele tinha um sorriso no rosto e parecia contente com a minha visita.

Levou-me até sua sala. Pediu que eu me sentasse, me ofereceu um café e, em seguida, meio que do nada, me perguntou se eu viajava muito a Brasília. Naquele tempo eu ia a Brasília pelo menos duas vezes por mês.

Notei um porta-retratos com a foto de sua filha na escrivaninha. No entanto, ele não falou dela nem perguntou sobre meu filho. Desfilou uma série de estatísticas e me disse que a premissa de seu trabalho era que a taxa de homicídios diminuiria com a redução do número de armas de fogo no país. "Quanto menos armas, menos tiro; quanto menos tiro, menos mortos. É simples assim."

Queixou-se de que seu trabalho era muito solitário e me perguntou se eu tinha interesse em trabalhar *pro bono* com ele, na Semprepaz. Gostei que ele tivesse sido tão direto.

Ele precisava de duas coisas específicas: de assistência jurídica em causas tramitando em tribunais superiores de Brasília e de uma pessoa que pudesse fazer apresentações e defesas de projetos de lei de interesse da Semprepaz em audiências públicas no Congresso.

Eu me lembro do que ele me falou: "Preciso de alguém como você". Eu não disse nem que sim nem que não, mas dei um sorriso e ficou claro que tomava a oferta dele como algo positivo. Poucos dias depois, almoçamos em São Paulo e eu lhe disse que a Semprepaz podia contar comigo. Passados mais dois dias, o escritório da Semprepaz em Brasília, que na verdade era uma só pessoa, me ligou para oferecer o apoio administrativo necessário.

Eu tinha interesse genuíno pela missão da Semprepaz, mas minha relação com Alberto Sperafico sempre foi protocolar.

Acho que, como estratégia de trabalho e convivência, Alberto e eu havíamos decidido evitar todo diálogo emocional. Nosso sentimento, nossas paixões estavam lá, não precisavam ser expostos.

≈ ≈ ≈

Sempre tive simpatia por Brasília. Nunca fiquei tempo suficiente na cidade para entender sua geografia, mas gostava daquelas avenidas, das árvores e do céu azul. Não sei se se trata de fato ou lenda, mas alguém terá dito que são João Bosco teve um sonho místico em que Brasília lhe apareceu. A visão da capital do terceiro milênio, entre os paralelos quinze e vinte.

"Entre os graus quinze e vinte havia uma enseada bastante longa e bastante larga, que partia de um ponto onde se formava um lago. Quando se vierem a escavar as minas escondidas no meio destes montes, aparecerá aqui a terra prometida, de onde jorrará leite e mel. Será uma riqueza inconcebível."

A profecia me cabe como uma luva. Nunca imaginei que Brasília representaria uma última encarnação para mim.

14. As transmutações do sexo

O sexo pode ser importante num casamento, mas não é imprescindível.

Fomos parando de transar porque estávamos cansados, porque precisávamos acordar cedo, por qualquer razão que parecesse justificável e que, depois da morte de nosso filho, passou a ser de desnecessária alegação.

Nunca chegamos a falar sobre isso. Aliás, nunca falamos muito sobre sexo. A questão poderia ser incômoda para os dois. Ninguém pressionava ninguém. Não se tocava no assunto. Acho que nos faltava desconforto para ter de falar do tema.

Desde sempre, o sexo pareceu um corpo estranho em nosso relacionamento, um invasor. Era como se, na ausência de um motivo específico para que ele acontecesse, sua presença entre nós não se justificasse.

Sempre me senti culpado por isso.

E se ela encontrasse um cara que gostasse dela sexualmente? Que, além de amá-la, gostasse de chupá-la, de comê-la, que lhe proporcionasse prazer físico? Será que ela teria evoluído de outra forma? Será que teria se tornado outra mulher? Teria sido mais feliz?

Perdi a conta das vezes em que me fiz essas perguntas, sabe?

Depois que André morreu, Débora e eu, que já transávamos muito pouco, deixamos totalmente de transar. Nossa falta de contato sexual parecia, finalmente, se justificar. A ideia era que o prazer conspurcaria a sinceridade de nosso luto. Como o luto por um filho é eterno, o sexo desapareceu para nós.

Mas mantivemos alguma ternura. Jamais fomos agressivos um com o outro — ou, pelo menos, nunca deixamos a agressividade dar o tom de nosso convívio. Eu a beijava antes de dormir e segurava sua mão quando íamos ao cinema. Se minha gastrite doesse à noite, pedia a ela para pousar a mão sobre meu estômago, e a dor passava. Acho que, apesar dos nossos fantasmas íntimos, conseguimos criar um modo de convivência racional e estável. Éramos uma boa dupla. Dávamos um ao outro o melhor que podíamos, em nossas condições, oferecer.

Lembro-me de que, nessa época de — achava eu — crepúsculo sexual, duas vezes, feito um adolescente, ejaculei durante o sono. Como não consegui recordar os sonhos eróticos que teriam provocado tal reação, quis me convencer de que minhas ejaculações não se deviam a estímulos sexuais, de que eram apenas reação fisiológica, consequência do acúmulo excessivo de esperma nos meus testículos.

Quando isso aconteceu pela primeira vez, só me dei conta na manhã seguinte, ao tirar o pijama antes de entrar na ducha. Procurei lavar as manchas semissecas com água fria e pus o pijama no cesto de roupa suja.

Não transávamos, mas, como disse, éramos uma boa dupla: fazíamos muitas coisas juntos. Visitávamos a família. Viajamos à Patagônia e à Bolívia. Assistíamos a muitos filmes. Nosso casamento nunca foi ruim. Para mim, nosso casamento era uma realidade de vida, uma construção à prova de abalo.

Mas aí seu filho morre, e o equilíbrio se desfaz. É imperativo. Não dá para fugir.

≈ ≈ ≈

Sempre me dediquei muito ao trabalho. Era minha maneira de lidar com a vida. Depois que acumulei as coisas da Semprepaz, passei a trabalhar mais ainda.

Por conta do escritório, todas as semanas viajava para algum lugar, em geral Rio ou Brasília. Às vezes ia e voltava no mesmo dia; às vezes passava a semana longe de casa. Gostava de mudar de ares, de aeroportos, mas percebo agora que o trabalho sempre foi uma maneira socialmente aceitável de eu me ausentar de minhas obrigações conjugais.

Débora nunca trabalhou fora. Administrava a casa, fazia questão de ela mesma fazer as compras no supermercado, acompanhava as tarefas das crianças, sabia de tudo.

As coisas domésticas funcionavam como um relógio. Até o cardápio da família era programado. Quinta-feira era dia de peixe, quarta dia de língua defumada com nhoque, que eu adorava. Tínhamos uma empregada que estava conosco desde o casamento e que ajudava bastante, mas a dona da casa era Débora.

Nem quando esteve envolvida no tratamento de saúde de seus pais, a casa deixou de funcionar perfeitamente. No entanto, os efeitos da morte de André sobre ela foram devastadores. Débora só sobreviveu porque nossa filha Léa passou a ocupar o centro de sua existência.

Mãe e filha descobriram o medo da morte e se fecharam em casa, agora transformada em bunker, com seguranças privados que se revezavam vinte e quatro horas por dia para que ninguém mais ali morresse.

Léa reagiu rápido. Débora demorou mais: fazia psicoterapia e os remédios continuavam a ser fundamentais para ela. Para mim, também. "Sem meu remédio, tenho vontade de morrer", ela me disse um dia. Eu entendi e me senti justificado, porque, provavelmente, ela sentia o mesmo que eu.

15. Castelo de cartas

Nessa mesma época, uma atriz e dois atores de verdade mudaram o curso de minha vida.

Explico: ganhei de um cliente uma caixa com DVDs de duas temporadas do seriado americano *House of Cards*, sobre a ascensão de Frank Underwood e sua mulher, Claire, à presidência dos Estados Unidos.

Todas as noites, depois das notícias das dez, Débora e eu, deitados na cama, assistíamos a um episódio da série. Coisa de uma hora. Quando o seriado acabava, íamos dormir.

Frank ainda era vice-presidente e morava com Claire na casa de tijolinho com pátio e algumas árvores, em Washington, quando eu consegui, afinal, vislumbrar minha própria saída de emergência.

Claire vinha sofrendo ameaças anônimas. Para sentir-se mais tranquilo, Frank pediu a Edward Meechum, chefe de sua segurança, que cuidasse pessoalmente da proteção da mulher.

Quem quer que tenha celebrado a cerimônia de casamento entre Claire e Frank Underwood terá mencionado, ainda que implicitamente, durante os votos, o dever conjugal da proteção recíproca. No entanto, Frank, vice-presidente do país mais poderoso do mundo, delegou esse dever a outra pessoa: Meechum, seu guarda-costas.

≈ ≈ ≈

Era noite, e acho que era verão, porque esse tipo de situação ocorre mais frequentemente no calor.

Cena 1: Meechum se despede da patroa, no pátio, sob a árvore, na tal casa de tijolinhos em Washington. Claire se serve de vinho e insiste para que Meechum a acompanhe em uma taça. Relutantemente, ele aceita.

Cena 2: Uma taça se espatifa no chão. Ao tentar recolher os cacos, Meechum corta a mão. Quer ir embora, mas Claire insiste em lhe fazer um curativo. Pede que aceite mais uma bebida. Não há como negar o pedido da patroa. Ele fica.

Cena 3: Frank chega na cozinha e encontra a mulher e o segurança conversando animadamente. Os dois riem, relaxados pelo álcool — quantas taças de vinho já teriam bebido? Ambos se levantam. Antes de qualquer palavra ao marido, Claire toma a mão de Meechum com o curativo, levantando-a e mostrando-a a Frank. Claire sai da cozinha. Não se sabe aonde ela foi. Talvez tenha ido ao banheiro.

Cena 4: Sozinhos, Frank toma a mão machucada de Meechum entre as suas. Sente-se tensão sexual. De volta à cozinha, Claire se aproxima dos dois e beija o marido na boca. Enquanto beija Claire, Frank acaricia as mãos de Meechum. Excitado pela situação, Meechum beija o pescoço de Claire. Frank vira o rosto para o segurança, e os dois se beijam.

A cena parava aí, mas fica claro que eles três transaram.

Cena 5: Na manhã seguinte, Frank Underwood, vice-presidente dos Estados Unidos, sai de casa, dá bom-dia ao segurança Meechum e entra no banco de trás do carro, para mais um dia de trabalho. Não havia se transformado em outra pessoa nem sido destituído de seu cargo. Sua vida continuaria a mesma. Eu não sabia que isso podia existir.

Foi depois desse episódio da série que transei com Débora pela primeira vez após a morte do André.

Não racionalizei, como faria se soubesse que iríamos transar. Fui pego totalmente de surpresa pela força do tesão que aquelas cenas despertaram em mim.

Acho que o mesmo aconteceu com Débora, porque quando fui lhe dar um beijo de boa-noite e o meu corpo tocou o seu, ela sentiu minha ereção e espontaneamente se posicionou em concha, comigo por trás, sua maneira de dizer que queria sexo.

Dentro dos meus olhos fechados, Débora se transformava em Claire, Meechum e Frank Underwood, que usavam seu corpo para me excitar. Na escuridão, vi três homens se beijando. Um deles era Meechum, o outro, Frank. O terceiro era eu.

16. A internet me descontrolou

Há coisas que vão necessariamente acontecer na sua vida, quer você queira, quer não, não adianta fugir. É mais ou menos assim. Eu sabia disso, só não queria acreditar.

Essas coisas viviam em mim, só que latentes. Nunca dei espaço para que acontecessem. Não deixei oxigênio para que se desenvolvessem. Achei que morreriam, porque as havia sufocado.

Não foi o que ocorreu. Podem ter levado quase cinco décadas para se recuperarem do maltrato e da negligência, mas vingaram. Não deixaram margem a dúvida quando vieram. Eu sabia do que se tratava. Nem me darei ao trabalho de me penitenciar. Não existem culpados. É da natureza das coisas.

No dia seguinte à cena do ménage à trois, trancado à chave em meu escritório, pesquisei no google "Edward Meechum nu", entre aspas. Nenhuma página de interesse emergiu da pesquisa. Mudei a busca para "actors naked".

Aí sim, surgiu material para saciar minha curiosidade.

A primeira página sugerida que acessei se chamava "Hot Actors Naked Porn Video".

Nunca imaginei que o ato banal de visitar uma página na internet pudesse ter efeito tão devastador sobre mim. Tinha aberto uma caixa de Pandora que, embora imperceptivelmente, estivera sempre ao meu alcance: homens nus, homens nus se beijando, homens nus de todo jeito.

≈ ≈ ≈

Cresci tendo problemas com a nudez. Não com a minha própria nudez: meu corpo nunca foi feio e tinha boas proporções. A nudez que me incomodava era a dos outros homens, porque me causava curiosidade.

Até então, o único homem cuja nudez eu conhecia e seria capaz de identificar era a de meu irmão George, porque dormimos no mesmo quarto durante anos. Vira meu pai nu umas duas ou três vezes na vida, por acidente.

Na aula de educação física, sentia impulso de olhar para os corpos dos meus colegas, mas achava que isso trairia a natureza que eu rechaçava e queria ocultar. Então não olhava para ninguém. Nunca fui bom em esportes de equipe. Minha melhor performance era no atletismo, nas provas individuais.

Hoje tenho consciência de que até aquele momento, em que, de olhos fechados, gozei imaginando transar com dois homens, tinha evitado a nudez masculina que me atraía porque não sabia o que aconteceria comigo se me permitisse explorar aquele impulso.

Esqueci de incluir Sílvio entre os homens cuja nudez eu reconheceria. Mas, sim, também tinha ele, meu cunhado, a quem eu observava do ponto seguro proporcionado pela cama superior do beliche. Eu estando no alto, era impossível que ele se desse conta da direção do meu olhar. Era uma situação que se apresentava. Não me parecia propriamente desejo. Talvez fosse só uma curiosidade, mas que poderia se encaminhar para o encantamento.

Além disso, é óbvio que Sílvio tinha algo de exibicionista.

Foi pretensioso de minha parte — para não dizer burro — achar que conseguiria segurar esse turbilhão todo. Veja que a mera visão de algumas imagens acabou desencadeando um processo de descoberta do qual não consegui me desvencilhar até morrer. Não sei onde iria parar. Minha impressão é de que teve uma hora em que não deu mais, e aí morri.

Ao longo da vida, eu não soubera o que fazer com aquele sentimento que preferia chamar de "curiosidade". Minha estratégia de sobrevivência tinha sido evitá-lo. À exceção do estritamente necessário e requerido, não me expunha à nudez alheia. Sem me dar conta, decidi cedo que experiências homossexuais não fariam parte de meu universo. Nunca daria oportunidade para que uma possibilidade se criasse. Por várias décadas, isso deu certo.

Eu não admitia ainda que curiosidade era outro nome para atração.

Nunca hostilizei ninguém cara a cara. Não me considerava homofóbico, mas participava de piadas e levantava suspeitas condenatórias contra possíveis homossexuais. Acho que devo ter vergonha disso, você concorda?

Entendo que minha maneira de hostilizar era mais perversa. A qualquer sinal de homossexualidade, procurava me distanciar. Queria mostrar que éramos diferentes, que nunca dividiríamos o mesmo espaço porque eu seria mais forte e sobreviveria.

Porém a verdade era outra: eu não satisfazia minha

vontade por medo de ser identificado por outro Marcos Bauer — ou, pior, por mim mesmo — e ter de lidar com essa realidade na minha vida.

Transformei minha mentira em omissão. Evitava a experiência como forma de me manter puro.

Alguém me disse que quanto menos sexo se praticasse, menos vontade de praticar sexo se teria. Foi essa a lógica que eu usei para mim. Afastei-me do sexo. Débora pareceu fazer o mesmo.

Antes da morte de André, nossa rotina era de uma vez a cada quinze dias, mais ou menos. Podíamos espaçar esse ritmo se o fim de semana fosse muito ocupado ou se a gente tivesse de levantar cedo. Débora sempre preferiu transar de manhã, e era, em geral, quando transávamos.

Para mim, não fazia diferença. O sexo era um dever doméstico, como lavar os pratos ou tirar o lixo, algo que eu fazia por obrigação, uma espécie de compromisso marital inarredável com o resto da sociedade.

Foi assim que lidei com o meu desejo: sucumbi ao medo de ser eu mesmo, de expressar o que meu corpo queria, fugindo da nudez alheia, evitando todo tipo de tentação.

Não queria me pôr à prova. Parece incrivelmente ingênuo, inumano, quase, mas era assim mesmo que eu era. Felizmente, acordei desse torpor.

Essa ocasião só veio na meia-idade, quando a possibilidade de todas as imagens da internet me chegou às mãos. Antes tarde do que nunca.

"Hot Actors Porn Videos", I welcome you!

≈ ≈ ≈

E acabei pulando de um extremo ao outro. Passei da abstinência à masturbação compulsiva.

No escritório, pedia para não ser incomodado, trancava-me em minha sala e assistia a filmes pornográficos, prestando atenção nos atores masculinos. No começo, escolhia filmes em que dois ou mais homens transavam com uma única mulher. Depois passei a filmes bissexuais, nos quais os atores masculinos também transavam entre si. Logo, só me interessavam filmes gays. "Os outros já conheço", dizia para mim mesmo.

Era dezembro de 2014 e, para mim, nunca houve mês como aquele. Lembro-me dos dias de calor e dos corpos nus que via no computador da salinha no térreo, enquanto Débora repousava no andar de cima entupida de tranquilizantes ou o cliente esperava do lado de fora do escritório porque eu estava em reunião, apalpando meus genitais.

17. A primeira vez

Ignorar os sinais do corpo não é saudável. Mas fazemos isso o tempo todo. A primeira coisa que uma pessoa faz ao perceber uma dor de cabeça, por exemplo, é esperar que ela passe sozinha, porque, afinal, às vezes, isso acontece.

Achei que era o que ia acontecer comigo.

Tentei mil vezes afastar a atração por homens, mas ela continuava presente, palpável. Sabe quando, dirigindo numa autoestrada, a gente tem a impressão de que o pneu pode estar furado, mas prefere pensar que ele talvez esteja apenas baixo, ou que a vibração que você sente na direção é consequência das imperfeições da pista, e dirige mais um quilômetro ou dois, porque não quer enfrentar a inconveniência da troca de pneus?

O problema é que, se o pneu estiver furado mesmo e a gente não fizer a troca, o carro vai parar de andar. Primeiro, rasga o pneu. Depois, estraga a roda. Em seguida, a ponta do eixo quebra, até que o carro deixa de andar.

Dessa vez, quando minha homossexualidade se manifestou, não reagi. Estava cansado de reagir. Achava que havia chegado ao meu limite.

≈ ≈ ≈

Nesse começo, visitava sites de encontros masculinos. Eram torsos, pênis, nádegas, mãos, tórax, coxas, bocas, quase todos sem face, em fotos e vídeos. Gostava de me masturbar olhando aquelas imagens, de imaginar que aquelas partes corporais sem identificação pertenciam a pessoas que, embora se mantivessem incógnitas, existiam e habitavam o mesmo mundo que eu.

Mas nunca tive intenção de encontrar ninguém pessoalmente. Naquele momento, me encontrar comigo mesmo parecia suficiente. Eu nunca havia tido uma vida sexual tão rica e estimulante quanto a que a internet me proporcionava, mesmo que apenas virtualmente.

Hoje sei que isso não corresponde à realidade. Queria, sim, um encontro. Só não sabia disso ainda. Mais cedo ou mais tarde, aconteceria. Se não tivesse sido na cidade de Brasília, em fevereiro de 2015, teria sido em outra cidade, em outro mês, em outro ano qualquer. Bastava que eu desse seguimento a minha existência.

E então acontece de você voltar cedo de um jantar de trabalho em Brasília e estar com um olho assistindo à televisão e o outro olhando perfis no aplicativo do tablet, preparando a fantasia para sua masturbação de antes de dormir.

E, do nada, surge uma mensagem em sua tela.

"Tudo bem? Quer teclar? Acho que estamos no mesmo hotel." Foi mais ou menos isso o que ele escreveu. Lembro-me claramente de que o aplicativo indicava a distância de dezoito metros entre nós.

Seu perfil, como me vem à mente, era algo comum, tipo: "Sou de Londrina, PR, 42 anos, casado, moreno, 1,82, 86 kg. Procuro cara em condição semelhante para aventura sexual com segurança, discrição e sigilo". Sua única foto era a de uma mão.

Iniciamos uma conversa que durou uns vinte minutos. Vou tentar reproduzi-la, porque pode revelar algo sobre como me deixei levar, digamos.

"Boa noite, tudo bem?"

"Boa noite."

"Acho que estamos no mesmo hotel. Rs."

"Qual? Blue Tree?"

"É. 18 metros de distância."

"Em que andar você está?"

"5."

"Eu no terceiro."

"E aí, curte uma brincadeira com outro cara?"

"Acho bacana. Está aqui a trabalho?"

"Sim. Vc?"

"Também."

"Faz o quê?"

"Sou advogado. Vc?"

"Médico. Vim para um congresso. Vc?"

"Vim para uma audiência."

"Fica aqui muito tempo? Eu volto na quarta. Vc?"

"Eu volto amanhã."

"Então temos de correr! ;-) Você casado?"

"Sim."

"Com mulher?"

"Sim. Vc casado?"

"Sim, com mulher."

"Vc tem filhos?"

"Sim."
"Vou tomar um banho. Você vai continuar on-line?"
"Sim."
"Te dou um toque quando sair."
"Qual o seu nome?"
"George. O seu?"
"Alano."
"Prazer, Alano. Até mais."

≈ ≈ ≈

Quando, mais tarde, ele sugeriu que a gente se encontrasse no lobby do hotel já que ainda era cedo para dormir, eu me senti seguro porque, afinal, era o lobby do hotel, e topei, nem que fosse para saber que rosto, que corpo tinha aquela mão.

Ele era um ser comum, com um rosto normal, como qualquer outro hóspede que havia ali. Sentamos no balcão do bar e eu tomei três caipirinhas porque queria relaxar diante daquele homem cujo corpo, caso eu quisesse e tivesse coragem, poderia ver e tocar. Além da mão, do corpo e do rosto, poderia ver a nudez, sentir a nudez, identificar seu cheiro. Mas, para isso, tinha de ter coragem e, para isso, tomei três caipirinhas.

Ele — Alano — entendeu que eu nunca havia estado com um homem. Ele próprio tinha pouca experiência, me disse, e, a despeito do meu nervosismo, criou-se entre nós uma familiaridade que combatia a minha tensão.

Pareceu-me natural dizer sim, depois das três caipirinhas, quando ele encostou a mão no meu ombro e perguntou se eu gostaria de continuar nossa conversa no quarto dele.

Quando penso nessa noite, me vem à cabeça o cheiro do hálito dele, o cheiro de sabonete no pescoço, meu ou dele, não sei. Lembro do volume forçando a calça, da pequena mancha molhada na cueca branca. Guardo na memória a visão dele nu, de frente e de costas, deitado e em pé. Lembro do pau dele na minha mão, do calor da boca dele no meu pau.

Tinha transado com um homem e, no dia seguinte, eu ainda era Constantino, advogado e homem de bem.

O fato de eu ter beijado outro homem na boca, tocado sua nudez, não seria aparente para ninguém. Permaneceria dentro de mim, como sempre havia estado, só que agora eu trazia comigo a experiência de ter feito sexo com outro homem.

Depois de nosso encontro, trocamos algumas mensagens, mas não voltei a ver Alano, de Londrina, Paraná, com quem aprendi, perto dos cinquenta anos, que o sexo, mesmo com um desconhecido, poderia ter transcendência e ser instrumento de prazer e felicidade.

Inspirado por ele, coloquei no meu perfil no site de relacionamento uma foto de minha mão esquerda, aliança de ouro no dedo anular.

18. A segunda vez

Sempre acreditei que um problema que podia ser resolvido com dinheiro não era problema, era prejuízo. Minha segunda vez custou, ao todo, um pouco mais de mil reais.

Quando me encontrei com Alano, não pensei no que viria depois, se aquele encontro seria o primeiro de uma série de outros na minha vida. A coisa mais notável daquela noite com ele foi o fato de eu estar ali, no presente, sem pensar em consequências. O álcool me ajudou nessa tarefa.

Ficou logo claro que não seria mais possível fechar a comporta que eu havia aberto. Queria voltar a sentir o corpo de um homem, conferir se o que eu havia sentido com Alano no hotel em Brasília se repetiria.

O aplicativo continuava a ser uma opção para observar corpos masculinos e fantasiar. No entanto, para um homem nas minhas condições — pouco tempo, pouca experiência, sem local próprio para encontros —, conseguir outro parceiro por lá seria, na melhor das hipóteses, incerto. Eu tinha de buscar uma alternativa.

Não sei de que sentido prático me imbuí, mas pesquisei sites de acompanhantes masculinos em São Paulo como se estivesse comprando um carro. Comparei fotos, cores e idades. Acabei escolhendo um rapaz de trinta e três anos, um dos mais velhos anunciados e dos poucos que não tinham tatuagem.

Liguei para ele de um celular pré-pago que comprei no shopping. O rapaz se chamava Bruno, e nos encontramos numa tarde da segunda-feira em que, para o mundo, eu estava fazendo exames médicos no Morumbi, quando, na verdade, praticava sexo oral em um garoto de programa num motel na Marginal.

Essa segunda vez em que me encontrei com um homem foi diferente da primeira. Não em termos de atração, porque nas duas situações fiquei muito excitado e cheguei ao orgasmo mais de uma vez. Ou seja, o desejo, sim, se confirmou; a força e a transcendência do prazer, também. O mais importante, porém, foi que essa segunda vez reafirmou o que eu de alguma forma já sabia: minha atração por homens era real.

No entanto, passar a tarde com um corpo alheio à disposição porque você o alugou não é a mesma coisa que a atração espontânea ou conquistada. Lembro-me de pôr as mãos sobre o peitoral de Bruno e pensar no jogador de futevôlei de corpo perfeito que eu vira uma vez no Rio e no qual jamais imaginara tocar. Ali, por quinhentos reais, eu tinha o inacreditável e o implausível: um corpo atlético nu, aberto e ao alcance das minhas mãos, da minha língua.

A sensação era a de fazer uma viagem à lua, e era como se a vida fosse melhor e mais fácil somente porque, na hora que eu quisesse e determinasse, poderia contratar um daqueles corpos com peitorais perfeitos, bundas musculosas e paus invejáveis. Bastava querer.

Sempre me sentira sufocado: com tanto dentro de mim e sem possibilidade de expressão. Nunca mencionei nada de minhas experiências homossexuais. Nunca tive um terapeuta. Até este meu relato, ninguém além dos meus amantes jamais soube de nada. Foi a morte que me liberou.

19. A terceira vez: Emílio

Encontrei Emílio pela primeira vez no dia 5 de outubro de 2015. Sei disso porque guardei na gaveta do meu criado-mudo o convite da cerimônia em que nos conhecemos. Durante o tempo de nossa relação, aquele convite foi para mim uma espécie de retrato cifrado, um estratagema ao qual eu recorria quando queria lembrar-me de seu rosto.

Para quem o encontrasse, seria apenas um convite vencido, impresso em papel-cartão, com meu nome caligrafado e o selo do governo do Japão — três pétalas, três plantas crescendo em direção ao céu —, no qual sempre tive a impressão de ler: O EMBAIXADOR DO JAPÃO NO BRASIL TEM O PRAZER DE CONVIDAR VOSSA SENHORIA PARA CONHECER O GRANDE AMOR DA SUA VIDA.

É que o governo japonês tinha firmado um acordo de cooperação com o governo brasileiro e iria patrocinar projetos de capacitação e desarmamento de policiais nas periferias de oito capitais. Para a assinatura do acordo, houve uma cerimônia na embaixada do Japão em Brasília para a qual haviam sido convidados representantes das organizações com projetos contemplados. Eu era o representante da Semprepaz. Emílio, pelo lado governamental, representava o Itamaraty.

Ele achou engraçado que eu tivesse reconhecido seu sotaque paraense quando fomos apresentados. Falamos de Belém, onde eu tinha clientes. Ele elogiou o projeto da Semprepaz. Eu o achei simpático, me deu boa impressão.

Ao fim da cerimônia, na hora da saída, chovia torrencialmente. Por algum problema técnico, eu tinha ficado sem bateria no celular. A embaixada era afastada. Conseguir um táxi ali seria tarefa complicada. Ele se deu conta de minha situação e me ofereceu uma carona de volta ao hotel.

(Eu, que àquela idade já considerava minha memória fraca, tenho a impressão de me lembrar de tudo, de todas as conversas, de cada palavra. Será possível?)

Na embaixada só haviam servido um vinho de honra, para um brinde. No carro, a caminho do meu hotel, ele mencionou estar com fome. Eu queria retribuir a gentileza da carona e estender um pouco a conversa e a companhia. Minha alternativa seria ficar sozinho no hotel. Convidei-o para jantar. Ele aceitou.

Fomos a uma churrascaria à beira do lago Paranoá. Era segunda-feira, o restaurante estava vazio. ("Os congressistas só começam a chegar à cidade na terça; às quartas, este lugar lota.") Como chovia, ficamos numa mesa do lado de dentro, no canto do salão. Apesar de nos termos conhecido havia horas apenas, não nos faltava assunto. Falamos sobre o projeto da Semprepaz, sobre a vida em Brasília e sobre o Japão, onde Emílio havia servido como diplomata.

Em algum momento da conversa — quando eu já tinha tomado mais da metade da garrafa de vinho que acabei tomando sozinho, porque Emílio estava dirigindo e não queria beber —, ele fez menção a um "meu ex-namorado".

Primeiro, achei que havia entendido mal, que era meu inconsciente me pregando uma peça. Mas em seguida ele voltou a mencionar "Ricardo, meu ex-namorado", e ficou claro para mim que ele se relacionava com homens.

Não senti a insegurança ou a repulsa a que me obrigaria em outros tempos. Tampouco me senti ameaçado. Estava relaxado e só senti vontade de continuar a conversa.

No final do jantar, um pouco antes de pedir a conta, nossas pernas se tocaram sob a mesa. Não movi a minha, nem ele a dele. Ficamos encostados um no outro, um pouco por carinho, pela amizade que se estabelecia, um pouco pelo calor físico e a sensação agradável que aquele contato proporcionava. Trocamos sorrisos.

Quando caminhávamos lado a lado para o estacionamento, nossas mãos se tocaram. Na frente do hotel, enquanto nos despedíamos no carro, criei coragem e perguntei se ele não queria continuar a conversa no meu quarto. Ele quis.

Assim que fechamos a porta do quarto, ele me beijou. Nem tive tempo de me surpreender. Quando dei por mim, sua língua estava dentro da minha boca. Eu retribuí a paixão e a energia que ele me dava, e, boca na boca, fomos nos deslocando em direção à cama, lentamente, enganchando-nos nas roupas que íamos, aos poucos, conseguindo tirar.

Entregamo-nos um ao outro, várias vezes, com cochilos nos intervalos, e acabamos passando a noite juntos, abraçados, em diversas posições. No dia seguinte, enquanto tomávamos café da manhã no restaurante do hotel, meus olhos brilhavam e qualquer um poderia dizer que éramos amantes.

≈ ≈ ≈

É com muita dificuldade que falo assim abertamente da minha intimidade sexual. Não sei ainda a razão dessa minha inibição. Embora meu pai fosse pudico — como disse, vi-o pouquíssimas vezes nu e não me recordo de jamais tê-lo ouvido falar um palavrão —, não acho que se trate de pudor.

É, antes, uma característica do meu temperamento mesmo, que não tem nada a ver com meu pai. Talvez seja só falta de prática. Nem tudo é defeito.

No entanto, essa dificuldade pode também ser fruto da irrelevância de se falar de algo que não existe mais. Por que falar de um corpo inexistente, que não provoca reações ou enseja possibilidades?

Minhas duas experiências homossexuais anteriores tinham sido prazerosas, mas tensas. Antes de acontecerem, já tinham hora de começar e acabar. Com Emílio, eu só via começo. Nunca havia me sentido tão relaxado com outra pessoa nem tinha transado assim, olhando no olho, querendo falar coisas com o olhar, como aconteceu comigo em relação a ele, desde a primeira vez. Para mim, foi algo novo.

Em algum momento desse nosso primeiro encontro, conversando na cama, perguntei se ele gostava de Brasília. "Vivo em qualquer lugar. Eu preciso de pouco. Não tenho essa coisa de gostar", foi o que ele me respondeu.

Não acreditei.

20. O amor perfeito

Agora, que a minha vida sexual já se encerrou, posso dizer que, antes de transar com outro homem, a transcendência do sexo era algo que eu desconhecia.

Foi como se eu tivesse passado a vida inteira assistindo televisão numa tela preto e branco, pequena, dessas de porteiro, com bombril na antena, e, de repente, desse de cara com uma tela gigantesca, colorida, de alta definição.

Eu não tinha a menor ideia de para onde o prazer sexual poderia me levar. Era leigo nessa matéria. Como já disse, com a mulher que eu amara, nunca teve mágica. Não sabia que sexo, mesmo sem compromisso, podia induzir o começo de várias coisas, entre elas o amor.

Veja bem: eu só buscava sexo, e foi essa a piscina em que eu mergulhei. Apenas isso. Nada mais. Eu não havia pensado em me apaixonar. A gente nunca pensa nisso. Contudo, muitas grandes histórias de amor começam com uma trepada casual, que não deveria significar nada além de alguns minutos de liberação e bem-estar, mas que sai do controle. Você só sabe que uma relação é duradoura se ela já durou. Quem foi que disse isso, mesmo?

A gente se dá conta, com surpresa, de que aquela sessão de sexo — puro divertimento — se tornou mais significativa do que deveria. Não era para você acordar pensando nela, nem dormir pensando nela, nem tomar banho pensando nela. É um pouco como entender um poema, só que, dessa vez, a poesia acontece com você.

Com Emílio eu finalmente entendi um poema surrealista que havia estudado na aula de francês muitos anos antes, que falava de olhos tão profundos que roubavam a memória de quem os fitasse. Algo como se a gente apagasse todos os arquivos armazenados no nosso computador cerebral; como se a gente recomeçasse do zero.

Minha relação com Emílio me fez perder a memória de quem eu era. Com ele, eu pensava no que queria ser, não no que até então havia sido. Ele me deu sentido de possibilidade, me abriu sentimentos que eu não sabia que existiam e aos quais não sabia se sobreviveria.

Veja que não sobrevivi.

Mas, em algum momento, achei que moraríamos em Brasília juntos, numa casa afastada, num mundo reinventado, como se só houvesse nós dois.

Esse pensamento descontextualizado pode soar patético, mas faz sentido para quem está apaixonado. Tem relativamente curta duração, mas todo apaixonado sente, deseja isso. A mágica é essa.

Guardo lembranças maravilhosas da paixão, mas, aqui, morto, entendo que não se pode ter tudo na vida e que nenhuma frase é banal por acaso.

É isso mesmo. Sou muito conformado com esse fato.

≈ ≈ ≈

Emílio passou a ser o único objeto do meu desejo. Não olhava mais as fotos no aplicativo para me excitar porque todos os meus orgasmos eram inspirados pela memória do que acontecia com a gente em Brasília.

Nossa relação não havia sido definida em termos de namoro ou compromisso, mas trocávamos e-mails e mensagens de texto frequentemente e sempre que dava eu ligava para ele. Tinha ereções só de ouvir sua voz.

Comecei a inventar razões de trabalho para ir a Brasília e passar a noite lá. Pedia para minha secretária reservar um quarto de hotel, mas era só para manter as aparências porque quase sempre dormia com ele, no apartamento dele, num bloco de moradias funcionais ocupado por diplomatas.

Em Brasília eu me esquecia de que era um homem heterossexual casado. Lá, ia descobrindo tudo o que poderia ter sido e não foi, pelo menos no âmbito doméstico.

De volta a São Paulo, retomava minha vida de sempre. Não tinha certeza ainda, mas talvez gostasse mais da nova vida que aprendia no Planalto Central.

≈ ≈ ≈

"Hoje fui àquele mercadinho da 412 Sul. Comprei uma bandeja de jabuticabas. Também comprei papaia para nosso café da manhã e um pacote de rúcula, para fazer uma salada e comer hoje à noite, junto com o macarrão. Não vejo a hora de chegar na sua casa."

(Pense na ponta de um trampolim amarelo, com uma grande piscina azul embaixo. É o que veria alguém antes de pular. Penso na situação que criei. Do alto, da ponta do trampolim, não dá para

retroceder. O salto não precisa ser ornamental, mas não tem volta. Pule da maneira que der. Tem menos gente reparando em você do que você imagina.)

≈ ≈ ≈

 Para Emílio, foi bom que eu tivesse morrido. Justificou-se a decisão que ele tomou. Ele já sabia que as coisas não dariam certo. Eu resolvi um problema. Ao tomar conhecimento de minha morte, ele se sentirá aliviado, acredite.
 Mesmo sem ter consciência, sem lhe dizer claramente, desejei muito que nossa relação tivesse dado certo. Vejo isso nas loucuras que cometi, nas mentiras que contei em casa, em tudo o que arrisquei.
 E estaria disposto a cometer quantas loucuras mais fossem necessárias, a mentir quantas vezes mais se fizesse preciso, só para ficar com Emílio. No mês anterior a minha morte, por exemplo, fui cinco vezes de São Paulo a Brasília só para vê-lo, sempre com razão inventada.
 Naquele período, chegar a Brasília era um dos pontos altos de minha existência. Comprava a castanha-de-caju caramelizada que só vendia no aeroporto e que ele adorava. No táxi, tinha ereções pensando que nos abraçaríamos, que conversaríamos, que faríamos amor, dormiríamos juntos.
 Foi na quarta vez em que nos encontramos que eu pensei que gostaria de ter uma relação duradoura com Emílio. Talvez tenha pensado na palavra "namoro". Ainda me dava medo quando a vontade de viver perto dele começou a me assaltar.
 Comecei a me relacionar com homens buscando sexo: sentir a pele, sentir o cheiro, sentir o gosto do corpo de outro homem. Não se olharia nos olhos, nem se pensaria em

mudar de vida. Quando eu me peguei fazendo isso, pensando em Emílio antes de dormir e depois de acordar, foi que entendi que o relacionamento já existia antes de eu conseguir nomeá-lo.

Cercado de mentiras, comecei a sentir falta de verdade. Flertava com a ideia de transformar minha vida por Emílio, de me tornar uma pessoa melhor, mais real: era o que eu achava que poderia acontecer.

São Paulo sempre me deixou tenso no que diz respeito a essa minha aventura com homens. Tinha horror à ideia de que alguém pudesse me reconhecer ou imaginar coisas. O fato de ele morar em Brasília foi fundamental. Claro que isso tudo era paranoia, mas à época a ameaça parecia muito convincente.

Em Brasília eu me sentia mais seguro. Não esperava topar com nenhum conhecido. Isso me tranquilizava muito, no começo.

Sair de São Paulo para buscar anonimato em Brasília é contraintuitivo, mas foi assim. Sou grato a Brasília por isso. Não conhecia ninguém lá. E a gente circulava pouco. O tempo que a gente tinha para ficar junto era gasto no apartamento dele na Asa Sul, transando, comendo e conversando.

Mas nunca deixei de experimentar uma certa tensão toda vez que um vizinho entrava no elevador conosco. Pensava no que ele poderia achar, ao nos ver subir ou descer juntos, em horários impróprios para que um advogado e um diplomata se encontrassem.

Emílio achava esse meu constrangimento "bobo". Não entendia quando, na garagem, eu queria esperar no carro para evitar pegar o mesmo elevador que os vizinhos. Ainda assim, mesmo reclamando pelo descabimento da minha "vergonha", ele esperava no carro comigo. Respirava fundo, mudava de assunto para consumirmos um pouco mais de tempo e justificarmos, pelo menos para nós mesmos, nossa demora e a falta de sincronia com os vizinhos.

Mas seu destino, desde o início, o afastava de mim. Antes de nos conhecermos na cerimônia na embaixada do Japão, já existia um decreto do Itamaraty determinando distância em relação a mim.

O MINISTRO DE ESTADO DAS RELAÇÕES EXTERIORES, de acordo com o disposto no art. 18, inciso II, do Decreto nº 93.325, de 1º de outubro de 1986, artigos 77, inciso IV, e 80 do Anexo I ao Decreto nº 8.817, de 21 de julho de 2016, e nos termos da Lei nº 11.440, de 29 de dezembro de 2006:

RESOLVE:

Remover ex officio Emílio Caio Veríssimo, primeiro-secretário da Carreira de Diplomata do Ministério das Relações Exteriores, da Secretaria de Estado para a Embaixada do Brasil na Indonésia, designando-o para exercer a função de primeiro-secretário naquela missão diplomática.

Java, Jacarta, Bali, Surabaia, Krakatoa, Sukarno. Eram esses os nomes que a Indonésia me evocava antes de saber que Emílio, o cara com quem eu queria passar o resto da minha vida, se mudaria para lá.

Esse derramamento de emoções pode soar insólito, mas é que, na morte, eu assumi o compromisso de ser honesto quanto aos meus sentimentos. Em relação a Emílio, eles são muitos.

Mas discutir isso agora é fútil.

A verdade é que nunca existiu futuro para nós. Emílio já sabia disso. Ele nunca me prometeu nada. Nossa relação só se realizava no tempo presente. Não se falava em futuro.

O decreto do Itamaraty que eu queria ignorar também sabia disso. Até os vizinhos sabiam disso. Todas as indicações estavam lá. O que eu não sabia era que nossa relação seria inviabilizada não por um decreto do Itamaraty, mas por minha própria morte. Porque, enquanto havia vida, havia esperança.

21. A vida segue

É curioso e contraditório, mas, em parte, morri porque acreditei que a vida continuava. *Life goes on*, a fila anda — essas besteiras que não fazem sentido nenhum para alguém em minha cadavérica situação. Sei que negligenciei minha saúde, e isso, no final, foi o que determinou o meu fim, mas ninguém poderia prever ou imaginar que um homem de minha idade estivesse passando pelo que eu passava — emocional e cardiologicamente.

"Eu vou me mudar para Jacarta, a vida continua", Emílio me disse algo nesse sentido. Não teve nenhum convite. Não se aventou a hipótese. O resumo da ópera era: eu não estava nos planos dele.

Não sei o que aconteceria se estivesse. Emílio nunca me chamou para ir junto. No entanto, imaginei várias vezes o grande escândalo que seria eu sair do armário e apresentá-lo a minha filha, a minha mulher, a meu cunhado: o namorado diplomata quinze anos mais novo, que eu conheci em Brasília, com quem irei morar na Indonésia, na Inglaterra ou no Paquistão.

Pensar nisso me apavorava, mas logo antes de ele viajar, esse pensamento era recorrente em mim. Fantasiava uma vida com ele, assumindo nossa situação abertamente. Essa ideia era muito sedutora, mas, no fundo, eu sabia que era irreal. Eu não teria coragem de mudar de vida. Não queria colocar o meu conforto familiar em risco.

Era louco falar de conforto de qualquer natureza quando o amor da minha nova vida estava se mudando para a Indonésia — Bali, prisão perpétua, execuções, maior população islâmica do mundo, do outro lado do planeta — para dar seguimento a sua carreira profissional.

Eu racionalizava, porque era o que sabia fazer. Dizia para mim mesmo: é assim que ele ganha a vida. Se chegar um decreto ministerial determinando que ele vá trabalhar do outro lado do mundo, ele tem de ir. Não interessa o que esteja vivendo. Tem de acomodar. Às vezes você tem de abortar uma coisa viva, que ainda está se desenvolvendo dentro de você.

Não faço parte da vida do Emílio. Poderia fazer, mas não faço. Não éramos casados, nem namorados direito éramos. Se tivéssemos tido uma história mais longa, se eu não fosse quinze anos mais velho, se ele não fosse funcionário público, por exemplo, as coisas poderiam ter sido mais fáceis. A conjuntura não era favorável.

Nossa despedida foi triste, mas nos contivemos; ninguém procurou dramatizar nada. Passamos a última noite dele em Brasília juntos em um hotel, e na manhã seguinte eu o levei ao aeroporto para embarcar para Belém, onde ele visitaria a família antes de partir.

≈ ≈ ≈

Fiquei atordoado. Senti-me como quem acaba de sobreviver à explosão de uma bomba, abandonado por Emílio, deixado para trás.

Mas não era nada disso. Eu não havia sido abandonado por ninguém. Emílio havia seguido seu destino de diplomata. Não era nada contra mim.

Eu também tinha uma vida. Demorei para entender isso. Talvez esse entendimento só tenha chegado agora que estou morto.

Durante esse estupor pós-Emílio, em que estive chocado e triste, pus um freio a minha exploração sexual: apaguei os aplicativos do meu computador e evitei pensar em sexo ou me masturbar. Não queria ninguém que não fosse ele, e ele não me queria o suficiente.

A noção clara que eu tinha era que, dessa vez, eu escapara por pouco. Poderia ter sido trágico se eu houvesse perdido o controle, coisa que quase aconteceu.

Ajudou pensar que houvera um tempo em que Emílio não existia na minha vida e eu vivia razoavelmente bem. Meu objetivo então foi conseguir voltar a esse tempo, circundar esse incidente, evitar essa mancha de óleo na pista.

É paradoxal que, nessa situação triste, a independência que Emílio demonstrou em relação a mim tenha me servido de inspiração. Como ele, resolvi dar seguimento a minha existência da maneira que conseguisse.

Comecei a treinar corrida três vezes por semana no parque do Ibirapuera com um personal trainer recomendado pelo Sílvio e retomei umas ações judiciais grandes que havia deixado de lado. Os japoneses queriam que a Semprepaz conhecesse a experiência das polícias comunitárias in loco, e Sperafico e eu combinamos que eu viajaria a Tóquio.

Isso já me deixaria ocupado pelos meses seguintes.

Débora tentava manter uma rotina: levantava de manhã, fazia ginástica, via as amigas. Eu, por minha vez, estava preocupado demais comigo mesmo para me preocupar com ela.

22. De geração em geração

Logo depois que Emílio se mudou para a Indonésia, na fase em que fiquei pior, eu pensava várias vezes que na hora de minha morte o rosto que me viria à mente seria o dele.

Pode parecer perverso e injusto que um homem de bem, casado havia mais de vinte anos com a mesma mulher, pai de dois filhos maravilhosos, um deles cruelmente assassinado, no momento final de sua estada na terra fosse pensar no amante clandestino que conhecera sete meses antes.

Por que dedicar a Emílio o apagar da minha energia vital? Não sei. Seria um impulso inevitável do meu cérebro: pensaria no rosto dele.

Acontece que, pelo que me lembro, não veio rosto nenhum na hora de minha morte. Não pensei em nada. Foi só escuridão mesmo — esta aqui que até agora me cega.

Durante a maior parte do tempo, fui um cara que negou a própria natureza, que extirpou a realidade para não deformar a vida, para que ela fosse da forma que ele queria. Eu tinha um carro na garagem, mas não o usei com medo da velocidade. Foi um desperdício.

Tornei-me parte de um exercício estético extremo, maior do que qualquer esteta necessitaria. Foi uma invenção, uma espécie de bonsai de mim mesmo. Virei um objeto de contemplação social. Tudo isso para ter segurança, para ter tranquilidade, para ser feliz.

Não funcionou. Não havia felicidade fora da realidade. Devia ter imaginado isso. Era óbvio.

Emílio teve a sorte de crescer em tempos melhores. O arco da minha vida mostra que houve mudança. Eu falei disso para ele numa carta que lhe mandei um mês atrás. A aceitação social aumentou muito nos últimos vinte anos. Isso era inimaginável na minha juventude. Ele pertence a essa nova realidade. Ele ainda pode muita coisa na vida.

Agradeço não ter vivido na Chechênia ou em qualquer desses lugares horríveis em que é proibido ser homossexual; o que vivemos seria proscrito, tudo teria sido muito mais difícil.

Encontramo-nos em um momento de transição histórica e pessoal. Foi muito triste que Emílio não coubesse na minha vida. Ninguém vai saber o quanto eu lamentava isso. Mas não havia nada a fazer. A vida tinha de seguir adiante. Se eu tivesse nascido trinta anos depois, talvez as coisas tivessem sido diferentes. Ele, com razão, jamais se sujeitaria a minha situação como ela era.

Mas veja que no fim eu fiquei bem mal, mas não enlouqueci, não destruí o que tinha construído, não expus minha família, não deixei de trabalhar, de cumprir minhas obrigações, nada.

Fiquei triste mesmo, mas não fosse por minha morte súbita, minha vida teria seguido dentro dos padrões da normalidade. Até quando, não saberia dizer, mas havia possibilidade de que fosse para sempre.

≈ ≈ ≈

Quanto tempo vou ficar na escuridão? Será que a morte é isso, uma escuridão perpétua dentro da gente, uma tentativa sem fim de entender o que aconteceu na vida? Acho que, aqui, nada de novo surgirá.

23. O Japão patrocinaria

Quando chegou a hora de fazer a viagem ao Japão pela Semprepaz, eu já me sentia praticamente normal. Ainda me dava uma tristeza profunda — que, no limite, podia me fazer chorar — toda vez que pensava no Emílio, mas esse era um pensamento que eu conseguia, na maioria das vezes, evitar.

Minha libido já dava mostras de haver voltado. Cautelosa e gradualmente, estava disposto a exercitá-la de novo. Baixei aplicativos de encontros e esperava que alguma coisa acontecesse na minha vida.

Minha premissa para essa retomada era: não conseguiria suprimir meu tesão por homens; portanto, teria de mantê-lo sob controle.

Mantê-lo sob controle requereria alimentá-lo de vez em quando, mas sem regularidade: o suficiente para mantê-lo vivo, apenas, sem engordá-lo ou deixá-lo crescer.

Nessa minha situação, procurar sexo com desconhecidos num país estrangeiro constituía mais do que um ato de licenciosidade. Era um ato de sobrevivência, uma estratégia para continuar vivendo equilibradamente. Era a única alternativa que se apresentava. Era o que eu tinha de fazer.

Eu seria corajoso e expandiria meus limites. De alguma forma, vejo agora, era mais uma reinvenção de mim que estava tentando empreender.

Meus riscos eram calculados. Sabia que, numa sociedade pacífica e descriminalizada como a do Japão, uma aventura sexual anônima não traria grandes riscos a minha integridade física. Pensei em ir a uma sauna. Parecia a coisa mais segura. Ninguém me assassinaria lá dentro.

O anúncio na internet era convidativo e as resenhas, de clientes de todo o mundo, majoritariamente positivas.

A possibilidade parecia factível. Nunca havia pensado em ir a uma sauna gay, muito menos no Japão, mas achei que seria bom para mim. Por isso resolvi ir.

> Sauna muito popular e o maior lugar de pegação para homens gays em Tóquio. Com 8 andares, Kaikan Shinjuku oferece sauna seca, sauna a vapor, jacuzzi, solarium, sala de vídeo, cabines privadas, lanchonete, armários individuais. No último andar estão disponíveis camas de bronzeamento artificial e banheiras de água gelada. Como as cabines individuais são caras, muito da ação se passa nas áreas comuns. Estrangeiros são bem-vindos, mas podem ter de apresentar passaporte. Tire os sapatos e calce chinelos. Compre o ingresso em um dos caixas automáticos e entregue-o no guichê de entrada. Você receberá uma sacola com um roupão, uma toalha, uma camisinha e um sachê de gel.
> Cabines podem ser alugadas pelo período noturno. Aberto 24 horas por dia, 7 dias por semana.

Nas instruções sobre como chegar, me dei conta de que a estação de metrô para a sauna ficava na mesma linha (Marunouchi, cor vermelha) da estação de metrô para o meu hotel. Achei que isso fosse um bom augúrio.

≈ ≈ ≈

Nessa viagem, éramos seis representantes de organizações não governamentais brasileiras cujos projetos haviam sido contemplados por financiamento do governo japonês; algo derivado daquele acordo que se celebrava quando Emílio e eu nos conhecemos em Brasília. Eu já havia estado no Japão uma vez antes como turista, nunca a trabalho.

A Agência Japonesa de Cooperação Internacional, que era quem patrocinava nossa missão, mandou um gerente de projetos, Nakamura-san, que eu já conhecia de São Paulo, para nos recepcionar no aeroporto de Haneda.

O programa que os japoneses haviam previsto para nós incluía quatro dias em Tóquio e três em Osaka, em visita a programas de delegacias de vizinhança — *kobans* — com agentes policiais desarmados.

Com exceção da primeira tarde e da manhã do quarto e último dia em Tóquio, a agenda de compromissos era intensíssima e deixava pouco espaço para nos recuperarmos do fuso.

Pesquisei meticulosamente sobre o Kaikan. Vi dezenas de fotografias, li inúmeras descrições. Depois de ler uma resenha, em especial, tomei a decisão de ir.

Very sexy place!
Fui a esse spa numa quarta-feira por volta do meio-dia e estava lotado, com vários caras bonitos. Tinha gente de todo tipo e idade, mas a maioria eram japoneses que pareciam

bem contentes com um cara branco, loiro, bem-dotado, de 51 anos :-) Era a primeira vez que ia a uma sauna gay. Me senti como uma criança numa loja de brinquedos :-) O lugar parecia limpo e bem administrado. Sim, muitos dos caras estavam transando sem camisinha, mas ouvi que é essa a moda hoje em dia; de todo modo, como distribuem camisinha de graça, não há razão para deixar de se divertir. Recomendo :-)

≈ ≈ ≈

Na manhã da quarta-feira, os colegas de viagem me convidaram para visitar o templo de Asakusa. Dei a desculpa de ter de encontrar um ex-funcionário do escritório que se mudara para o Japão com a família e me lancei à empreitada a que me propusera.

Por volta das nove e quinze da manhã, saí do hotel e caminhei até a estação de Ginza, da linha Marunouchi do metrô de Tóquio. Ao chegar, procurei indicação do sentido Ogikubo e me certifiquei de estar na plataforma correta.

O vagão em que entrei não estava cheio. Sentei-me ao lado de um jovem de uns vinte anos absorto em seu celular. Na ponta, no último assento, avistei um ocidental de barba ruiva. Percebi que ele também me notara, e estabeleceu-se entre nós uma espécie de solidariedade estrangeira muda, mas presente. Seriam seis estações até Shinjuku Gyoemmae, onde eu deveria desembarcar.

Desci na estação indicada e procurei a saída 1-A. Ao emergir do metrô, encontrei um dia de sol, sem nuvens no céu. Segui a orientação do GPS em meu celular. Virei à esquerda e comecei a andar. No caminho, lembro de um restaurante com uns caranguejos na vitrine e de máquinas de refrigerante, porque minha boca estava seca e parei para comprar uma coca-cola. Não tive dificuldade para encontrar um predinho de esquina com estacionamento próprio e grades amarelas que eu já conhecia de minhas pesquisas na internet.

≈ ≈ ≈

Subi um lance de escadas até a recepção e tudo aconteceu como eu tinha lido na página eletrônica da sauna: antes de entrar, tirei os sapatos, calcei uns chinelos fechados que estavam à disposição e comprei um tíquete no caixa automático, cujas instruções tinham tradução para o inglês. Resoluto, avancei para o guichê de entrada com o tíquete na mão. Entreguei-o por uma janela a um atendente que me estendeu uma sacola com o que supus ser a toalha e o roupão mencionados no anúncio. Perguntou algo que não entendi, mas que supus ser meu nome. Dei um nome fictício qualquer, que ele anotou em japonês.

Passei por um corredor escuro e apertado que dava para a área dos vestiários. Procurei o número 63, que me correspondia. Perto do meu armário, um homem se trocava. Percebi seu olhar para mim, mas o evitei.

Além dos armários, separada por uma porta transparente de correr, tinha a área das piscinas. Mais adiante ficavam as saunas propriamente ditas.

O horário mais popular entre a clientela daquele estabelecimento não seria dez da manhã de uma quinta-feira de junho; eu já antecipava isso. Além do cara que me olhou no vestiário, cruzei com outros seis ou sete caras, todos orientais, no caminho para as saunas. À exceção do primeiro, nenhum outro indicou interesse por mim. Nossos olhares não chegaram a se cruzar. Era como se eu não existisse: exatamente como agora.

Lembro que as piscinas não estavam todas em funcionamento. Algumas passavam por limpeza. Senti o cheiro de cloro que exalava da lavagem. "Desculpe o transtorno", é o que deveriam dizer os sinais.

Vi uma porta com uma pequena janela de vidro retangular. "Mist sauna", dizia o letreiro. Resolvi abri-la, e entrei numa sala completamente sem luz. Senti jatos de vapor na cara e me dei conta de que se tratava, na verdade, de uma mistura de sauna e quarto escuro, com bafos de névoa quente, como nos grandes viveiros para plantas tropicais em países frios.

Fiquei desconcertado pela escuridão. Quase retrocedi, mas acho que já tinha me programado tanto para ter coragem que reduzi o passo e continuei. Esperei que meus olhos se acostumassem à falta de luz. Quando isso aconteceu, divisei contra a parede um banco reto de azulejos, no qual me sentei. Fechei os olhos. O cheiro de cloro seguia em minhas narinas.

No meio da escuridão, me levantei. Não via nada. Breu total. Pressenti que algo se passava, uma vibração estranha, mas nunca pensei que fosse minha morte se aproximando. Nunca imaginei que aquele dia, aquela manhã, seriam meus últimos. A última vez que calcei meus sapatos.

Senti no pescoço uma pontada que desceu até a batata da perna. Foi como se todo o meu corpo se paralisasse. Fui caindo em câmera lenta.

Minha garganta travou. Não consegui mais gritar. Pensei no professor de natação. Meu corpo envolto em água morna.

Acho que me urinei. Ouvi Doris Day cantando *"It's later than you think"*.

Tudo bem. Ironia.

Escuro.

24. Orfandade paterna

Não pensei que me sentiria tão desorientado quando meu irmão ligou com a notícia de que nosso pai havia morrido. Como a minha, sua morte foi súbita.

Eu estava em Fortaleza, para uma audiência com um cliente e, antes de pegar o primeiro voo de volta para São Paulo, ponderei se valeria a pena ir ao enterro. Estranho que esse sentimento radical, totalmente descabido de não ir ao enterro do próprio pai, tenha se manifestado em mim muito fortemente logo que tive a notícia.

Será que isso acontece com outras pessoas?

Minha história como filho dele, e a dele como meu pai, acabavam ali. Nossa novela se completara. Todas as palavras já haviam sido ditas — nenhuma a mais, nenhuma a menos. Uma obra encerrada. Acho que foi isso o que senti.

≈ ≈ ≈

É isso o que minha filha Léa deve estar sentindo. A

partir de hoje, ela é órfã de pai. Qual o impacto que a morte do pai pode ter na vida de uma jovem de vinte e um anos? Eu tinha trinta e seis quando o meu morreu. Quinze a mais. De todos os aspectos em que possa pensar em relação a minha morte, o único que me entristece de verdade é estar ausente da vida de minha filha. Ela ainda precisaria de mim.

Tenho vontade de pedir desculpas pela situação, pela genética, pelo fato de que a pusemos no mundo para torná-la órfã, pelo fato de, mesmo em vida, eu ter imposto a ela a minha ausência, física e simbólica.

A morte do irmão já lhe tinha ensinado que qualquer pessoa de seu universo afetivo poderia morrer subitamente. *"We die, we die, we die"*, pensaria ela, como Katherine Clifton-Thomas disse ao conde László Almásy no filme a que assistimos juntos no shopping Iguatemi. Lembra, filha?

ÚLTIMA PARTE: OS OUTROS

Homens brotavam — um exército negro, vingador, que germinava lentamente nos sulcos da terra —, para as colheitas do século futuro, cuja germinação logo faria rebentar a terra.
Émile Zola, *Germinal*

1. O obcecado

Não sei o que acontecia comigo. Naquela época, pensava em sexo o tempo todo. Acho que eram meus hormônios.

Ia muito a uma sauna em Shinjuku. Direto do trabalho. Às vezes, mais de uma vez por semana. As pessoas até já me conheciam por lá.

No entanto, a experiência daquela manhã foi tão marcante que eu me recordo de todos os detalhes e, se fechar os olhos agora, ainda consigo me transportar para aquele quarto escuro. Mas depois do que aconteceu comigo lá, nunca mais quero voltar.

Eu gostava de chegar por volta das dez da noite, e aquela foi uma das poucas vezes em que fui à sauna pela manhã. Tinha acordado cedo, querendo o bafo de vapor na cara e o cheiro de cloro nas narinas; por isso fui lá. Era uma necessidade.

Vi três clientes no meu caminho entre a recepção e o vestiário. Vi outros três na área dos chuveiros, mas ninguém fez contato visual comigo. Tomei uma ducha e fui direto para o quarto escuro.

Lembro-me do movimento do meu braço puxando a porta e do calor e do cheiro de eucalipto que senti ao entrar. Tateando, no vapor, cheguei ao fundo do quarto escuro e sentei-me no banco de azulejos que corria ao longo da parede.

Recostei-me, fechei os olhos e respirei fundo. Senti um calor úmido escorrer por minhas costas e a toalha em volta de minha cintura absorver a água morna empoçada sobre o assento.

Ouvia ruídos, mas foi só quando minha visão se habituou à escuridão que discerni os dois homens se movendo no outro lado do quarto. Olhei para aqueles corpos, mas não consegui identificar os rostos. Naquela hora, achei que eles e eu éramos as únicas pessoas ali.

Fiquei esperando que entrasse mais alguém. Se fosse outro obcecado como eu, melhor. Eu fechava os olhos e deixava minha mente divagar. Pensava em corpos e, ali, sentado, quase imóvel, me dispunha a me entregar a todas as sensações térmicas, táteis e olfativas que meu corpo pudesse captar. Era o que o Kaikan significava para mim.

Quando abri os olhos, pensei que fosse minha obsessão que me fazia ver as nádegas e as coxas de um homem deitado sob a bancada de azulejo a uns três metros de onde eu me sentava.

Essa obsessão me fazia ver formas humanas em tudo. Fazia-me ver o corpo de um homem nu deitado de bruços sob a bancada, no canto esquerdo, na parede oposta àqueles dois que continuavam abraçados, como se ninguém mais estivesse lá.

Aquela miragem de homem deitado no chão me assustou. Parecia um grande animal, feito de nuvens escuras por uma imaginação perversa. Seus contornos ficavam mais reais à medida que eu me aproximava. A uns dois metros do corpo, vi a mão dele com um anel no dedo anular.

Na mesma hora senti que ele estava morto. Acho que foi por isso que nem tentei socorrê-lo. Nem sequer toquei no corpo para tentar reanimá-lo. Tive náusea e taquicardia, isso sim, mas consegui me controlar.

Não quis fazer escândalo. Saí do quarto escuro e fui para a recepção. No caminho, encontrei um dos serventes responsáveis pela limpeza e lhe disse que achava que havia um homem desacordado na sauna a vapor.

Na pressa em prestar primeiros socorros, os serventes retiraram o corpo da sauna e o colocaram na área em frente aos chuveiros, no chão. Era um homem branco, de uns cinquenta e poucos anos, cerca de um metro e noventa de altura — mais para pesado —, uns cem quilos. Tinha cara de europeu — inglês, italiano —, cabelos castanhos, um anel no dedo anular.

No entanto, o detalhe do cadáver que mais me chamou a atenção foi o sorriso de prazer que tinha no rosto. Foi providencial que Matsumoto-san, o gerente da sauna, cobrisse o corpo com duas grandes toalhas brancas.

No vestiário, entre seus pertences, a polícia encontrou o equivalente a cerca de seiscentos dólares em ienes, dois cartões de crédito, um cartão do hotel Mandarin Oriental, em Nihonbashi, e um passaporte de capa azul cuja origem não consegui identificar.

Depois que a polícia me liberou, fiquei por volta de um ano à disposição para prestar esclarecimentos. Ninguém nunca me chamou. Não soube de quem era aquele corpo que encontrei, mas, sempre que me lembro dele, faço uma pequena oração por sua alma.

2. Artemísia

— Alô, embaixador, aqui é Artemísia. Quando voltei da reunião de depois do almoço a Tomoko me passou o recado de que um inspetor de polícia chamado Shimizu havia me procurado. Retornei a ligação e ele me informou que encontraram um cidadão brasileiro morto hoje de manhã em Shinjuku. Sabe quem?
— Não.
— O senhor está sentado? O Constantino Curtis!
— O quê? O Constantino Curtis, o advogado? O da Semprepaz?
— Ele mesmo.
— Morto?
— Pois é, segundo o que esse inspetor Shimizu me disse, encontraram o corpo dele hoje de manhã em um *onsen*, um spa, não sei se entendi direito. Parece que teve um ataque cardíaco fulminante, mas ainda estão aguardando os resultados da necropsia.
— Spa onde?

— Em Shinjuku.

— Eu ia encontrar com ele no almoço do pessoal da Agência Japonesa de Cooperação...

— Eu sei. Talvez até cancelem o almoço quando receberem a notícia.

— Que coisa... Alguém no Brasil já está sabendo disso?

— Não. Shimizu-san me disse que o consulado era o primeiro a ser informado.

— Vamos ter de avisar a família. Vamos ter de conseguir o contato de alguém da família. Melhor seria o telefone da casa dele em São Paulo, ou o celular da mulher.

— Vou tentar descobrir mais detalhes com o Shimizu-san. De repente a polícia tem os contatos que ele deixou no hotel.

— Não esquece de mandar uma comunicação para Brasília.

— Pode deixar. O senhor ainda vem ao Consulado agora à tarde?

— Vou sim. Estou saindo daqui em meia hora mais ou menos.

≈ ≈ ≈

— Embaixador, o corpo do Constantino Curtis está no necrotério de Chiyoda. Já tenho os contatos. Consegui o número da casa dele no Brasil. A mulher dele se chama Débora. Vamos esperar dar seis horas da manhã em São Paulo para ligar para ela. O processo de liberação para traslado ao Brasil deve levar oito dias, se tudo correr na normalidade. Amanhã devem ter os resultados da necropsia, mas aparentemente ele morreu de causas naturais. Shimizu-san disse que o corpo foi encontrado numa sauna/casa de banhos chamada Kaikan, em Shinjuku Ni-chōme. A Tomoko e eu demos um google. É uma sauna gay conhecida aqui em Tóquio.

— O Constantino Curtis era gay?

— Parece que era. Pelo menos frequentava lugares gay. Pelo que a gente achou na internet, a sauna em que ele foi encontrado funciona em oito andares, vinte e quatro horas por dia. Basicamente, é um clube de sexo.

— Putz. Ainda tem mais essa?

— É.

— Como eu vou falar para a mulher dele?

— Vai ser complicado. Diz que o corpo foi encontrado em um spa, algo assim. Depois ela descobre sozinha. Tem de ser cuidadoso. Ela pode não saber de nada sobre o marido.

— Verdade. Caramba, oito dias para liberar o corpo?

— É, se não houver nada de anormal.

— Como é o nome da sauna gay mesmo?

— Kaikan.

3. O cônsul-geral

De Consulado-Geral em Tóquio para a Secretaria de Estado das Relações Exteriores
Em 26 de junho de 2016
Caráter: reservado
Distribuição: Divisão Consular/ Divisão de Japão e Coreias
Índice: Falecimento de nacional brasileiro. Senhor Constantino Curtis. Informação e providências.

1. Este consulado-geral foi informado por agente da polícia metropolitana de Tóquio de que, na manhã de 24 de junho, o corpo do cidadão brasileiro Constantino Curtis, advogado residente em São Paulo, SP, CPF 419.789.453-09, foi encontrado sem vida em estabelecimento comercial do bairro de Shinjuku Ni-chōme, distrito de bares e lazer nesta capital. As evidências indicam morte por causas naturais (acidente vascular cerebral grave no lobo occipital direito).
2. A família foi contatada diretamente pelo consulado. A viúva, acompanhada da filha e do irmão, chegará amanhã

a esta capital para acompanhar o processo de liberação e traslado do corpo para o Brasil, o qual supervisionarei pessoalmente.

3. Os familiares e o corpo do senhor Constantino Curtis retornarão ao Brasil no dia 3 de julho próximo, pelo voo LH 860, com escala em Munique.

Antonio Gandolfini, Embaixador
Cônsul-Geral em Tóquio.

≈ ≈ ≈

Constantino Curtis e eu tínhamos amigos em comum. Sabíamos da existência um do outro, mas não nos conhecíamos pessoalmente. Ambos estudamos direito na São Francisco, mas sou de uma turma dez anos antes da dele. O almoço que não ocorreu teria sido nosso primeiro encontro.

O escritório de advocacia que Constantino Curtis mantinha com o irmão George era muito respeitado. Tinha filiais em várias cidades do Brasil, e a firma Curtis e Irmão era uma espécie de grife nos meios jurídicos nacionais.

Ele e a mulher, Débora, haviam perdido um filho de forma muito violenta. Parece que, depois disso, ele quase parou com a advocacia e começou a se envolver mais e mais com uma organização não governamental para combate da criminalidade — acho que é uma fundação, não sei detalhes — chamada Semprepaz. Me falaram que a mulher deu uma pirada e vive à base de remédios. Mas ao telefone hoje, quando falamos, ela me pareceu normal, equilibrada. Vou conhecê-la assim que chegar a Tóquio.

E aí o cara tem um AVC numa sauna gay numa viagem de trabalho e cai morto dentro de um quarto escuro. Que puta cagada. Ninguém merece isso.

Provavelmente a mulher dele não sabe de nada. O coitado devia ter o maior cuidado para deixar tudo no sigilo e é desmascarado na hora da morte. Que ironia triste...

Lembro de uma história semelhante de quando servia em Buenos Aires. O maior criador de cavalos árabes de lá, tipo supermachão, totalmente no armário, foi encontrado pela irmã, freira, morto em sua cama, de bunda para cima, assassinado por um michê. Saiu em todos os jornais. Foi a imagem que ficou do cara.

Eu não mencionei nada à mulher do Constantino sobre o tipo de clientes que o spa onde o encontraram atraía. Ela recebeu a notícia com calma, como se soubesse que ele poderia morrer a qualquer momento.

Se ela tivesse me perguntado algo, eu falaria de forma objetiva, ainda que com algum eufemismo. Mas ela não me perguntou nada. Parecia que o marido havia morrido no leito de um hospital. Aí, eu pensei: para que enfear uma situação que já é horrível?

≈ ≈ ≈

Débora Curtis chegou a Tóquio com a filha e o irmão médico. Davam a impressão de estar conformados. Mantiveram a compostura e o equilíbrio emocional o tempo todo em que convivi com eles. Ninguém parecia inconsolável. Era como se já estivessem habituados à ausência de Constantino. A morte dele só formalizava uma situação de fato. Agiam de maneira prática. Nada foi muito complicado.

Um escritório de advocacia japonês associado ao Curtis e Irmão colocou um carro com motorista e um intérprete à disposição deles. Eu também me pus à disposição, mas preferi guardar alguma distância. Ainda assim, minha mulher e eu os recebemos para jantar em casa em três das nove noites que eles passaram em Tóquio.

Liberei a Artemísia para prestar a assistência que fosse necessária. Acho que a Artemísia e a Débora até ficaram amigas. Eles precisaram ficar dois dias a mais por conta de um detalhe na liberação do corpo e acabaram voltando no mesmo voo da Artemísia, que ia ao Brasil por uma razão pessoal.

A *Folha* e o *Estadão* deram pequenas notas sobre a morte, mas, por erro, informaram que Constantino Curtis havia sido encontrado morto no banheiro de um restaurante. Nenhum dos jornais tinha correspondente no Japão, e foi essa a versão que prevaleceu no único dia em que a notícia circulou. Para a imprensa brasileira, a versão da causa mortis era a da certidão de óbito: derrame cerebral.

Ninguém prestou muita atenção ao caso, e eu, como cônsul-geral, concorri para isso. Não houve, no consulado, rumores ou especulações sobre as reais contingências da morte de Constantino Curtis. Os detalhes do episódio foram preservados.

≈ ≈ ≈

O que nos foi relatado pelas autoridades policiais é que Constantino Curtis havia entrado na sauna Kaikan às 10h19 da manhã de quinta-feira, 24 de junho. O nome que deu na recepção foi Max. As câmeras de segurança da entrada registraram sua imagem abrindo a porta, vestido com uma jaqueta de couro escura.

Identifiquei-o quando me mostraram o vídeo. É estranho ver a imagem de alguém que você sabe que logo depois vai morrer.

Dois funcionários encarregados da limpeza declararam lembrar-se de um homem branco, de aparência ocidental, de cerca de cinquenta anos, circulando na área da piscina e dos chuveiros, mas não notaram nada de anormal em seu comportamento.

Foi a Artemísia, minha assessora, que leu todo o inquérito e me contou que ele havia sido encontrado deitado sob o banco de azulejos no quarto escuro da tal sauna gay em Shinjuku Ni-chōme. Quando o encontraram, já estava morto.

Fizeram o reconhecimento do corpo no próprio necrotério de Chiyoda.

Artemísia me disse que foram os três, mas só Débora e o irmão entraram. Ela também me disse que ficou admirada com o autocontrole de Débora Curtis quando foram fazer o reconhecimento do corpo do marido.

≈ ≈ ≈

Acho que ninguém sabia que o Constantino transava com homens. Obviamente, não cheguei nem perto desse assunto. Não sei se a mulher dele sabia ou deixava. Provavelmente, não, porque se soubesse ou deixasse o cara não ia chegar ao Japão e ir para uma sauna gay às dez da manhã.

Que desespero. Ele devia estar na secura, coitado.

4. O cunhado

Sempre achei o cara um canalha. Veja que eu estava certo. Pense nas circunstâncias em que ele morreu. Imagine como minha irmã e minha sobrinha se sentiram.

Fui eu que acompanhei Débora e Léa ao Japão para o reconhecimento e a liberação do corpo. Vimos Constantino, meu cunhado, nu no necrotério, com os lábios azuis, dentro de uma bandeja de aço inoxidável. Ele não precisava ter feito as duas passarem por isso.

Eu me preocupo com elas porque, de familiar, elas só têm a mim para recorrer. Nossos pais eram filhos únicos. Do nosso lado da família não tem mais ninguém, só eu e Débora. Hoje em dia, nossa relação é muito forte. Isso se acentuou depois que ficamos órfãos e passamos a morar mais perto.

Enfrentamos as mesmas dificuldades: temos traumas em comum, que acabaram deixando clara nossa identidade e a importância de estarmos próximos. Não tem ninguém com quem eu me sinta mais à vontade do que com ela.

Às vezes, tenho a impressão de que Débora é mais velha do que eu. A gente tem quatro anos de diferença, mas com o tempo essa diferença parece ter diminuído. Ouço muito o que ela diz.

Nossos pais não foram pessoas fáceis. Minha mãe era alcoólatra. Meu pai fazia o que podia, mas nunca abriu mão de ser o mulherengo contumaz que foi até a morte.

Essa situação tinha efeitos concretos em nossas vidas. Na época em que a Débora e o Constantino se conheceram, ela havia ido passar as férias no Acampamento do Tamanduá porque nossa mãe tinha sido internada em uma clínica para desintoxicação. Eu, que era mais velho, fui fazer um curso de inglês nos Estados Unidos.

Sempre nos consideramos vítimas de um mesmo acidente genético. Abraçamos essa identidade fraternal como meio de sobrevivência. Para minha própria autoimagem, tenho de ser um bom irmão. Vir às pressas para o Japão deixando o consultório abandonado faz parte desse meu compromisso com Débora — e comigo mesmo. Fiz a mesma coisa quando o André morreu.

Agora, de novo, tenho de dar apoio, consolar, tranquilizar. Vou falar coisas edificantes sobre meu cunhado, mas, para falar a verdade, acho que ele já foi tarde.

≈ ≈ ≈

Entre Constantino e mim, sempre houve uma espécie de incompatibilidade, uma leve desconfiança recíproca. Eu percebia sua falta de naturalidade comigo — e acho que ele percebia que eu a percebia. Sempre achei algo estranho nele. Não é homofobia, sabe? É mitofobia. Eu não gostava das mentiras dele.

Não me surpreendeu nada que o corpo dele tenha sido encontrado no quarto escuro de uma sauna gay. Ele era um dissimulado. Mas teve o que merecia: imagina, ser encontrado morto num chão cheio de porra?

Acho que sempre desconfiei. Só que preferi fechar os olhos. No quarto dos rapazes da casa dos meus avós, na Enseada, eu notava que todas as vezes que eu ia tomar banho ele subia para a cama de cima do beliche. Era a única hora em que ele fazia isso. Em geral preferia a cama de baixo.

Eu percebia quando ele olhava o meu pinto de relance no espelho do banheiro, enquanto eu tomava banho. Peguei o Tino me manjando umas duas ou três vezes. Sentia algo esquisito nele, mas obviamente nunca quis comentar nada, porque Débora nunca tocou nesse tema e, afinal, eram só suposições, jamais se soube nada de concreto. Mas isso não é importante agora, né?

O que eu sei é que uma vez eu fiquei meio alto e soltei bem na cara dele, um pouco brincando, mas olhando bem no fundo dos olhos dele: "Constantino, seu viado, confessa que você é gay".

Ele ficou paralisado. Não respondeu nada. Segurou a respiração, desviou o olhar e saiu de perto, despistando, para que ninguém percebesse o que estava acontecendo. O fato é que ele não teve resposta para me dar.

Acho muito escroto trair a mulher assim, numa coisa tão fundamental, com uma mentira tão grande. Quer ser viado? Seja, o problema é seu. Mas não precisa envolver ninguém, enganar a família toda, esconder a identidade da mulher e dos filhos.

Não quero que ela sofra. Perder o filho e o marido em três anos, coitada.

Vou cuidar de tudo, vou ajudar Débora com toda a papelada. Mas quero que ela me prometa que vai sair daquela casa, mudar de ambiente, tentar estabelecer uma vida nova. Ela é jovem ainda. Tem gente que passa por coisa pior e se refaz.

5. Débora

Um dia você recebe um telefonema às seis da manhã em ponto. Como seu marido está no Japão, você imagina que seja ele, atrapalhado com o fuso horário, querendo saber ou dar notícias.

Ao telefone — "Alô, eu poderia falar com dona Débora?" —, é estranho não ser a voz do marido do outro lado. O inesperado da voz desconhecida àquela hora da manhã torna tudo mais difícil de entender.

"Dona Débora, aqui é Antonio Gandolfini, cônsul-geral do Brasil em Tóquio. Desculpe-me ligar tão cedo, mas, infelizmente, devo informar que Constantino Curtis, seu marido, faleceu aqui no Japão. Lamento ter de dar essa notícia triste. Meus sentimentos..."

É um choque. Por um segundo, eu também tinha morrido. O que eu sei é que, quando aquela ligação acabou, eu não era mais a mesma pessoa.

Pedi para o Sílvio, meu irmão, ir comigo ao Japão para ajudar nos trâmites de liberação do corpo. Sempre fomos muito próximos, meu irmão e eu. O tal do Gandolfini disse que podia mandar uma mensagem ao consulado japonês em São Paulo explicando a urgência dos vistos. Então foi tudo muito fácil e rápido.

Fiz a mala. Liguei para minha terapeuta e pedi que me receitasse uns calmantes. Achava que não ia aguentar as vinte e poucas horas de voo. No fim, foi tudo bem. Léa chorou algumas vezes, mas parecia sob controle.

A dor distorce e a morte anestesia. Hoje, agora, para mim, tanto faz. Ainda estou meio anestesiada.

≈ ≈ ≈

Ninguém antecipa que, um dia, vai ter de reconhecer o corpo do marido, saudável e relativamente jovem, em um necrotério do outro lado do mundo.

Não pensei que ia ficar viúva. Pelo menos, não tão cedo. Mas ninguém tampouco pensa que o filho de vinte e poucos anos vai morrer de maneira estúpida. E isso, ainda assim, acontece.

Duas vezes, o impensável aconteceu comigo: numa terça e numa quinta-feira. A primeira vez, à tarde; a segunda, pela manhã. Eu já havia perdido um filho. Passei também a ser viúva.

A morte do Constantino marcaria o começo de minha redenção, mas eu ainda não tinha consciência disso. A gente pode ser muito inteligente para umas coisas e totalmente tapada para outras. Em geral a gente não percebe esses momentos de inflexão existencial até muito depois. Aquele, porém, eu senti na hora, só não soube defini-lo.

Fiquei muito impactada e triste com a notícia da morte do Constantino, mas também senti um certo alívio, porque o cônsul me disse que ele morrera rápido e sem agonia. Segundo os laudos que mandaram, o AVC que ele teve foi fulminante. Eu até me perguntei se não seria melhor morrer de forma repentina e indolor aos cinquenta e um do que ter alguns anos de vida mais com uma morte lenta e sofrida no final.

Parte do meu choque vinha da confirmação de que a morte ataca, quando a gente menos espera, a pessoa que a gente menos imagina. É horrível entender que um raio pode cair duas vezes no mesmo lugar.

Não sofro tanto por mim, por minha viuvez. Sofro mais pela precocidade da morte de meu marido, pelo que ele não vai viver, e pela orfandade de minha filha. Por mim, não; ao contrário.

≈ ≈ ≈

Só faz sentido falar do meu casamento até a morte de meu filho, porque depois que o André morreu, meu casamento passou a ser quase uma abstração. Existia, mas não tinha nenhuma manifestação concreta.

Constantino vivia viajando. Acho que ele procurava isso. Entre outras coisas, essa foi a maneira de ele conseguir ser quem de fato era. Hoje eu sei. Eu brincava com ele, dizendo que nossa casa era só mais um dos hotéis em que ele se hospedava.

A gente já estava se afastando. A morte do nosso filho catalisou esse afastamento. Precipitou uma situação na qual cada um teria de se virar sozinho, em que deixava de existir a noção de união fazendo a força — ou minorando a dor, no caso. Depois da morte do André, passou a ser cada um por si.

Eu ficava em casa, deprimida, fazendo terapia diariamente, tomando remédio, querendo morrer, com medo da morte, tentando não morrer ainda, preocupada com que algo pudesse acontecer a minha filha e minha vida deixasse de ter sentido de vez.

Nenhum risco valia a pena. Cercamos a casa de seguranças. Todos os carros eram blindados. Saíamos pouquíssimo e restringimos muito as saídas de Léa. Era o preço de continuar.

Fui melhorando aos poucos. Meu casamento continuava a ser uma abstração, mas não era um desconforto. Acho que já tinha me acostumado a ele, da mesma forma que me acostumaria à cor feia de uma parede na sala de jantar.

Porém agora meu casamento acabou porque fiquei viúva — até que a morte os separe, lembra? De alguma forma, sou uma nova mulher. Meu estado civil mudou, minha identidade se ampliou. Não tenho marido. Posso fazer coisas outras, melhores.

Queria contar para minha terapeuta que algo tinha finalmente mudado em minha vida, que uma possibilidade se criara, uma porta se abrira. Queria dizer isso a ela, agora, mas são quatro da manhã em São Paulo.

≈ ≈ ≈

Achei estranho ele ter um acidente vascular cerebral num spa. Nunca soube que ele frequentasse spas. Ao contrário. Pelo que conhecia dele, não era algo de que gostasse.

Quando o consulado me mandou o relatório da polícia, minha filha Léa pesquisou o nome do local onde ele havia sido encontrado. Do nada, me perguntou se eu sabia "que o papai era gay".

Primeiro, achei que não havia entendido direito, mas aí ela me mostrou a página da internet que havia imprimido e que descrevia o estabelecimento como "um dos points gays mais populares de Tóquio".

Não havia como negar. Mas não reagi de forma ruim. Talvez até tenha me dado vontade de rir.

Respondi para ela que não sabia de nada, porque de fato não sabia. Ele nunca me dera nenhuma razão para achar isso. Nunca houve nenhum rumor.

Eu me dava conta de que transávamos pouco, mas sempre tive a impressão de que quem gostava menos de sexo de nós dois era eu.

Mas talvez eu pudesse ter imaginado. Não é uma ideia que me incomode, para falar a verdade. Quem sabe até me tire um pouco da culpa que eu sentia pela mediocridade de nossa vida sexual.

≈ ≈ ≈

Constantino sempre foi o energético do casal. Não se incomodava de buscar água para mim na cozinha no andar de baixo ou de ir ao supermercado no domingo à tarde, se eu pedisse.

Eu era mais comodista. Depois que nos casamos, o movimento dele passou como que a suprir a necessidade do meu. Essa dinâmica se acelerou quando fiquei grávida do André, no primeiro ano de casamento. Fiquei péssima na gravidez. Tive ameaça de aborto. Dependia de Constantino para tudo.

Minha vida passou a acontecer sem que eu tivesse de fazer nada para isso. As coisas se materializavam a minha frente. Eu não tinha de tomar nenhuma atitude em relação a elas. A vida, para mim, se transformou numa sequência infindável de cenas das quais eu participava sem ter fala.

Engravidei de novo e a vida continuou, na nossa casa da Chácara Flora, ainda antes da reforma. O Constantino e o George estavam abrindo negócios na Bahia. Meu irmão e minha cunhada se mudaram para uma casa a dois quarteirões de distância e me visitavam sempre. As crianças regulavam em idade com os primos e iam para a mesma escola. A Ercília, que tinha trabalhado na casa da minha sogra e praticamente criado o Constantino, cuidava de tudo. Eu nunca ficava muito só.

≈ ≈ ≈

Sexo para mim era problemático. Achava, e agora sei, que sexo também era complicado para o Tino. Foi isso que nos uniu, porque nossa conexão se dava mais pela ausência do que pela presença de contato físico.

Viver com sexo seria melhor, se o sexo tivesse encontrado lugar em nossa relação. Mas não foi o caso, e não é imprescindível. Ninguém morre por falta de sexo. Você fala com as pessoas e elas te dizem que não se pode ter tudo na vida, e elas estão certas.

Eu nunca poderia ter me casado com um homem muito sexual. Nunca consegui relaxar completamente na cama. É a primeira vez que falo disso para alguém além da minha terapeuta. Sexo era difícil para mim.

No começo eu achava que ele não queria me forçar a nada. Nos beijávamos e ele tentava pegar no meu peito ou enfiar a mão entre minhas pernas, mas eu sempre conseguia detê-lo. Ele, respeitosamente, obedecia.

Transamos pela primeira vez quando eu tinha dezessete anos, numa viagem com amigos a Campos do Jordão. Depois disso, transávamos uma ou duas vezes ao mês, quando surgia uma oportunidade, mas sem pressão.

Nos primeiros meses de casado, Constantino ainda me procurava com certa frequência. Eu, embora sem muita vontade, concordava, porque éramos casados, porque ele era carinhoso e porque eu achava que, além da minha incapacidade de desfrutar, não teria desculpa para rechaçá-lo sexualmente. Minha vida íntima com ele se dava nesses termos.

Depois do nascimento da Léa, isso mudou. Passamos a transar muito pouco — e eu não sentia falta. Achava que um casamento legal, ainda que sem sexo, era um preço baixo a pagar. Pelo menos para mim foi. Sentia que com ele era a mesma coisa. Tínhamos algo mal resolvido nessa área, mas o que quer que fosse, nos convinha.

Aventei a hipótese de que ele fosse bissexual, mas achei que toda mulher pensa isso uma vez ou outra. Porém nunca tivera nenhuma outra indicação além da sua falta de desejo, que, de resto, talvez se referisse só a mim. "Ele perdeu o tesão por você." Isso é possível, muito frequente até, entre casais. Melhor seria que ele, simplesmente, tivesse perdido o interesse por sexo. Você sabe: o nível de testosterona diminui com a idade.

≈ ≈ ≈

O que a gente sente quando descobre que o marido é gay?

Para mim, pareceu irônico. Foi como se eu já soubesse, só não acreditasse. Sempre fui medrosa. Confrontar essa mentira dele me obrigaria a confrontar uma mentira minha também, e eu não me sentia preparada.

Não deve ter sido fácil para Constantino reprimir o que ele sentia. Nunca é fácil. Tem gente que chega a matar por sexo, então dá para você avaliar. Tino e eu podíamos ter conversado a respeito. Não seria assustador para mim.

Talvez ele tenha me subestimado. Na época do teatro, antes de conhecer o Constantino, tive uma história com outra menina. Só que ela foi morar em Londres e nunca mais voltou. Nunca contei isso para ninguém. Sempre me senti culpada por essa experiência, pelas fantasias que ela me causava. Teria sido bom discutir isso com ele.

Eu queria Constantino sem sexo. Sua parte sexual não me interessava. Ele provavelmente acha que amputou partes de mim para que eu coubesse na pequena fantasia dele. Sua necessidade de sexo comigo devia ser praticamente nula. Ele não precisava ter feito nada disso. Eu sou mais que a fantasia dele.

Pensei que ele reprimia, sublimava, abstraía, sei lá. Nunca achei que tivesse vida sexual fora do casamento. Mas isso a gente nunca sabe. Eu também não fuçava nas coisas dele.

Não é agora que ele está morto que eu vou violar sua privacidade. A única coisa que eu não gostaria era se ele tivesse alguém fixo, um namorado, algo mais significativo. Mas saber disso agora não faria nenhuma diferença.

Meu marido tinha uma vida sexual particular que eu ignorava. Ignorava também até que ponto sexo era vital para Constantino. Fiquei com raiva quando soube que ele tinha morrido numa sauna gay. Ele podia ter me falado.

Mas eu só soube porque ele morreu. Deu azar, o coitado.

6. Emílio

Só recebi a carta que o Constantino me escreveu dois dias depois da morte dele. Pelo carimbo, o envelope havia sido postado trinta e um dias antes. Demorou todo esse tempo para chegar. Não sei que descaminhos terá tomado.

Soube da notícia pelo jornal. Saiu uma notinha na *Folha*. Imaginei-o deitado no banheiro de um restaurante japonês, alguém prestando os primeiros socorros, fazendo respiração boca a boca, até que o veredito final é dado: ele está morto, não resta nada a fazer.

A morte de um ex-amante choca. Ainda mais se é inesperada e prematura. A notícia do falecimento do Constantino me estragou o dia. Tranquei-me em meu escritório na embaixada até o final do expediente. Procurei mais informação na internet, mas não encontrei quase nada. Não tinha a quem perguntar. Fiquei sem saber.

Um cara tão inteligente e dinâmico como o Constantino morrer aos cinquenta e um anos de idade é um desperdício.

Senti uma eletricidade diferente já na nossa primeira

conversa na churrascaria, depois da cerimônia na Embaixada do Japão. Nossa química foi imediata. Achei sexy a disposição dele de recuperar o tempo perdido, de buscar algo que se encontrasse mais próximo de quem ele era de verdade. Era uma energia muito vital, que me excitou.

Ele estava começando a viver a melhor parte da vida dele. Pena que não deu.

Deve ser difícil pra caramba descobrir a sexualidade aos cinquenta. Como ele pôde ter vivido por tanto tempo no escuro?

Fico contente por ter feito parte desse processo de descoberta de que ele fala na carta. Eu tinha mais experiência. A responsabilidade maior na relação era minha.

Gostava de que ele ouvisse minhas opiniões. Na carta ele também diz que eu o ajudei a entender uma parte da vida. Espero que seja verdade, porque era isso o que eu estava tentando fazer.

Ele era um cara inteligente, amoroso, cheio de energia. Foi legal para mim, nossas vidas terem se cruzado. O que Tino e eu tivemos foi bom para ele e para mim, ainda que tenha sido interrompido, primeiro por minha vinda para Jacarta, depois pela morte dele. Nossa relação não foi superficial, mas reagimos a ela de formas diferentes.

Eu escolhi me manter frio e realista porque sabia que estava indo embora. Naquelas condições, avaliei que não tinha escolha. Não queria sarna para me coçar.

Agora, que ele morreu, posso confessar que cheguei a fantasiar uma vida em comum com Tino. Mais de uma vez adormeci pensando em uma rotina a dois com ele. Podia ser em São Paulo, podia ser em Brasília, a geografia não importava, porque o lugar em que eu queria estar era a nossa relação.

≈ ≈ ≈

Costumávamos nos ver duas, três vezes por semana. Ele ia a Brasília a trabalho.

Nosso programa era prosaico: cozinhar e jantar no meu apartamento funcional na 213 Sul e depois passar a noite juntos, transando.

Umas semanas antes de minha partida, dei uma esfriada. Sabe quando a gente cozinha legumes e depois joga água gelada para dar um choque térmico? Foi isso que eu fiz.

Talvez em outras circunstâncias eu pudesse ter postergado minha ida para a Indonésia, chamado Constantino para vir comigo, largado tudo por ele.

≈ ≈ ≈

A questão é que Constantino não estava preparado para uma vida em comum com outro homem. Tinha problemas sérios de autoaceitação. Imagina quase trinta anos em um casamento de conveniência, enganando a pessoa com quem se casou, enganando todo mundo? Não tem jeito de não ter problema.

Ele estava enterrado até o pescoço em questões que eu considerava bobas, que nunca precisei ter, que minha geração se recusou a ter. Eu não queria os problemas do Constantino na minha vida. Ele tinha de resolver sozinho.

Mas as dificuldades dele não descaracterizavam ou desqualificavam o que eu sentia quando estava com ele. Então, enquanto estivemos juntos, resolvi só valorizar o presente. O tempo com ele não deveria incluir a angústia de não estar com ele no futuro. Seria contraditório.

Não é nada contra Constantino particularmente. É algo pessoal meu. Não me arrependo de nunca ter proposto que arranjássemos uma maneira de ficar juntos, de ter ficado quieto, de ter me segurado. Ainda bem que meu superego funcionou. Era tudo fantasia, claro.

Em um dado momento, senti que já tinha atingido meu limite. Percebi que, se eu não me contivesse, se deixasse minhas emoções simplesmente fluírem, talvez não conseguisse mais me segurar. Decidi parar de pensar em minha relação com Constantino. Para todos os efeitos, eu iria para a Indonésia e ele não. Foi uma decisão que tomei.

Foi também uma estratégia de sobrevivência. Não lido bem com o risco. Detesto incertezas. Não poderia, por exemplo, ser um advogado, que nunca sabe se vai ganhar ou perder uma causa, ou um empreendedor que pode ir à falência a qualquer momento.

Em relação a Constantino, dava para entender que as indicações não eram promissoras: homem casado com mulher, quinze anos mais velho, advogado de prestígio, vivendo em São Paulo. Fria total. Resolvi não arriscar. Calculei que não valia a pena.

Imaginei a vida dele esbodegada, a mulher deprimida, a filha traumatizada, a família julgando, os amigos o evitando.

Imaginei minha vida esbodegada, namorado deprimido, carreira profissional negligenciada, futuro ameaçado, forte sentimento de culpa.

No fim, minha necessidade de segurança prevaleceu. Preciso de previsibilidade. Gosto de ser cauteloso.

7. Dois lados do triângulo

Você nunca chegou a saber do relacionamento que eu e o Constantino tivemos. Pode ter sido efêmero, breve, essas coisas, mas existiu. Para mim, no começo, era sexo sem compromisso com o advogado coroa pintudo bonitão de São Paulo. Para ele, era uma descoberta. Tinha pouca experiência. A coisa começou inconsequentemente e foi ficando mais séria, a ponto de tornar-se exclusiva — a não ser por você.

Não sei se você teria interesse em saber quem eu sou. Ainda assim, vou lhe contar.

Meu nome é Emílio. Tenho trinta e nove anos. Sou diplomata na Embaixada do Brasil em Jacarta. Seu marido, Tino, e eu nos conhecemos numa recepção na Embaixada do Japão em Brasília, quando eu trabalhava no Departamento de Ásia do Itamaraty.

Ele dizia que nossa atração era "enorme". Ele gostava de frisar a palavra "enorme". Quando nos demos conta, já estávamos desenvolvendo uma dependência emocional.

Não me tome por destruidor de lares. O casamento de vocês não me interessava a mínima. Acontecia em uma dimensão que eu não frequentava. Conversamos muito pouco sobre você.

No princípio, nos encontrávamos só em Brasília. Depois, com minha partida iminente, começamos a nos encontrar onde dava. Teve uma vez que você ia passar o dia fora e eu peguei um avião até Congonhas só para me encontrar com o Tino. Sabe o motel na Washington Luís, do lado de onde houve aquele acidente horrível com o airbus da TAM? Foi lá que nos encontramos.

Mas logo ficou claro para mim que essa aura de felicidade total era apenas autossugestão. Nossas realidades não eram conciliáveis. Tomei a iniciativa de romper o relacionamento porque fui eu quem primeiro admitiu sua impossibilidade.

Isso não quer dizer que eu não tivesse a ilusão de amá-lo; demonstra apenas que tinha mais controle que ele sobre os próprios sentimentos.

A vida me fez cínico. Já disse que tomo decisões desse tipo baseado em cálculos de risco emocional. Nesses cálculos, tenho de considerar a realidade. Não tenho espaço. Meu irmão é policial militar em Belém; pago a escola de três sobrinhos. Essa responsabilidade teve influência sobre meu relacionamento com Constantino. Foi uma questão de prioridade. Tem coisas que a gente faz por amor e tem coisas que a gente deixa de fazer por amor.

Nunca quis conhecer você. Não me interessava. Além disso, poderia ser constrangedor para Constantino. Afinal, eu sou o que restou do adultério. Eu sou a prova do crime.

Nossa relação durou menos de sete meses. O que é que se pode fazer em menos de sete meses? Quase nada. Não se pode sequer gestar uma vida nova. E nem vem ao caso que alguém tenha te amado muito, a ponto de querer te engravidar.

Você é a mãe dos filhos dele. Isso a faz melhor do que eu? Não sei.

Eu poderia criar filhos com ele, poderíamos adotar, poderíamos até, se quiséssemos, contratar uma mãe de aluguel, com um óvulo inseminado por um de nós.

Mas não teria dado tempo.

≈ ≈ ≈

A vida surpreende. Encontrei uma pessoa logo que cheguei a Jacarta. Seu nome é Miguel. Ele trabalha na Embaixada de Portugal, aqui. Nos conhecemos faz pouco, mas tenho a impressão de que poderia passar o resto da vida com ele. Eu dizia que não gostava de risco, mas nada com ele me parece arriscado.

Em tempos diferentes — você sempre no passado —, poderemos ocupar o mesmo espaço. Pensarei em você quando for ao mercadinho de frutas de que você gostava e em outros lugares de nossa paisagem emocional — isto é, quando voltar a Brasília por força de um decreto do Itamaraty. Vou honrar sua memória.

Eu me perguntava como cada um de nós iria, a longo prazo, permanecer na memória do outro. Sobreviveríamos, para nos reencontrar um dia? Desapareceríamos, cobertos por outras experiências?

Preferi não sentir sua ausência. Não sabia se conseguiria, mas consegui. A vida me levou para a frente. A realidade se impôs. Não dá para achar que o inverno não existe só porque ainda estamos no verão, certo? Lembra da cigarra e da formiga?

Tenho nas mãos a carta que você me escreveu. Olho para as folhas de papel e para sua caligrafia e penso que este é o nosso último contato físico.

A vida continua. Já falei isso para você antes. Quer dizer, a vida continua para quem continua vivo.

Sua vida terminou e, portanto, quanto a nós, já não haveria mais nada a fazer.

EPÍLOGO

Ainda não me adaptei ao fuso horário. Estou cansado. Daqui a pouco, volto para o hotel. Preciso ir cedo para a cama hoje. Vou tomar uma ducha para dar uma acordada. Está quente demais aqui.

Fisgada no pescoço que vai até a batata da perna e paralisa meu corpo. *Não reaja. Aceite!*

Enquanto espero que algo aconteça, permito que o cloro do desinfetante que eles usam no horário de limpeza penetre em minha memória. Dentro deste quarto escuro, com os olhos fechados, sinto o cheiro do professor de natação. Penso no abraço mais antigo.

Água morna nas minhas narinas. Minha cara contra os azulejos brancos. Cãimbra forte no peito, fisgada em cima do olho direito. *Não reaja. Aceite!*

Queria que Emílio viesse me salvar desta escuridão. Será que ninguém vai aparecer para me resgatar deste desvão e me levar a um lugar bonito?

Estou na beira da piscina. Ele é aquele do peito peludo, cujo nome não recordo. Não consigo vê-lo, mas seu cheiro de piscina me chega por trás.

Imagino a cor azul.

Ele entra comigo nas águas aquecidas da piscina. Não há mais ninguém conosco. Pede que eu tente boiar. Eu tento. Quero aprender a nadar.

O professor me ensina: *Bata as pernas, reaja!*

Pousa as duas mãos por baixo da minha barriga. Sinto o contato intermitente de suas palmas e de seus dedos contra os músculos do meu abdome, o calor da água me envolvendo. Ensina-me a nadar.

Sinto o corpo que não tenho mais em suas mãos. Poderia ficar assim, etéreo, ausente, nas mãos do professor de natação, imerso em água quente por toda a eternidade.

Mas ele segura minha cintura, aperta firme meus quadris; me empurra, me projeta na água, me propele para a frente.

E eu nado veloz como um golfinho, leve como um anjo, morto como um pássaro.

Recuperei a visão. Tem tanta luz aqui que me encandeou os olhos. Só consigo ver reflexo, só vejo claridade. Olho para mim e não me enxergo. Não identifico a separação entre mim e o resto. Desintegro-me na luz.

Dissolvo-me na água. Faço parte do mundo, como um peixe faz parte do mar. A corrente descendo, me levando para longe. Vêm comigo os que me seguiram e os que eu segui, os laços que existem entre mim e eles, e a certeza de que nem eles nem eu tivemos controle. Não sinto falta de nada. Eu vivi, e, agora, há beleza e glória em tudo o que vejo e ouço.

As similaridades do passado e as similaridades do futuro se repetem. Alimentam o mecanismo do mundo em todas as horas do dia.

É um esquema simples e bem articulado: eu desintegrado, tudo em mim desintegrado e, no entanto, fazendo parte do todo, permanecendo aqui.

1ª EDIÇÃO [2018] 2 reimpressões

ESTA OBRA FOI COMPOSTA PELO GRUPO DE CRIAÇÃO EM MERIDIEN
E IMPRESSA PELA LIS GRÁFICA EM OFSETE SOBRE PAPEL PÓLEN BOLD
DA SUZANO S.A. PARA A EDITORA SCHWARCZ EM JANEIRO DE 2025.

A marca FSC® é a garantia de que a madeira utilizada na fabricação do papel deste livro provém de florestas que foram gerenciadas de maneira ambientalmente correta, socialmente justa e economicamente viável, além de outras fontes de origem controlada.